U0576841

中国文学名家散文精选丛书

十字路口

张格娟　著

江西高校出版社
JIANGXI UNIVERSITIES AND COLLEGES PRESS

南　昌

图书在版编目（CIP）数据

十字路口 / 张格娟著 . -- 南昌：江西高校出版社，
2025. 6. --（中国文学名家散文精选丛书）. -- ISBN
978-7-5762-5621-5

Ⅰ . I267

中国国家版本馆 CIP 数据核字第 2025YX1529 号

责 任 编 辑　黄水飞
装 帧 设 计　夏梓郡

出 版 发 行　江西高校出版社
社　　　　址　江西省南昌市新建区工业二路 508 号
邮 政 编 码　330100
总编室电话　0791-88504319
销 售 电 话　0791-88505090
网　　　　址　www. juacp. com
印　　　　刷　鸿鹄（唐山）印务有限公司
经　　　　销　全国新华书店
开　　　　本　650 mm×920 mm　1/16
印　　　　张　13
字　　　　数　160 千字
版　　　　次　2025 年 6 月第 1 版
印　　　　次　2025 年 6 月第 1 次印刷
书　　　　号　ISBN 978-7-5762-5621-5
定　　　　价　58.00 元

赣版权登字 -07-2025-135
版权所有　侵权必究
图书若有印装问题，请随时联系本社 (0791-88821581) 退换

目　录
CONTENTS

第一辑
醒俗人生

心桥　　　　　　　　　002

鳕鱼　　　　　　　　　006

滋味　　　　　　　　　009

证人　　　　　　　　　012

双簧　　　　　　　　　016

互换　　　　　　　　　019

教练　　　　　　　　　022

朋友　　　　　　　　　026

苍蝇　　　　　　　　　030

哭孝　　　　　　　　　034

冤家　　　　　　　　　037

显摆　　　　　　　　　040

钻心　　　　　　　　　042

化骨　　　　　　　　　046

第二辑
心灵驿站

半瓶牛奶　　　　　　　050

一盏明灯　　　　　　　053

魔鬼城的眼睛 056

那一刹那 060

位置 064

哑父 068

鱼 071

找啊找啊找朋友 075

小丑 078

导演 081

人梯 084

陷阱 087

蓝花花 089

欠娘一个吻 092

第三辑
生存法则

生日 096

换位 099

拉风 102

新人 106

别墅 109

老梁，你好 113

阵痛 117

手艺人 121

自己站起来 124

救救我 127

第四辑
旧味新品

十字路口   132

药引子   136

老爱情   140

老事儿   146

1987 年的电影   150

麻食   154

姥姥的遗愿   157

真作假时   161

偏方   165

第五辑
暗香盈袖

小满的月亮   170

有风的夜晚   174

分心木   177

猫和刺鼠   181

神马   184

月亮爽约了   187

心依旧   191

黑蝶   194

第一辑

醒俗人生

心桥

　　贾梅梅做完医美手术后，吴小菲看着她缠满绷带的脸，自己似乎比本人还紧张，她泪花四溅地安慰贾梅梅说："梅梅，不要怕，以后哪怕你残疾了，我都会想办法养活你的。"那神情要多悲壮有多悲壮，似乎贾梅梅是场上抢救回来的一个伤员。贾梅梅忍住没有笑，鼻子眼睛颌骨都做了整形，她也不知道自己会整成什么样子，总之，绝对比之前父母给的那一张面孔要好看得多。她期待着自己变美后的样子，并没有像吴小菲说得那样悲伤。

　　贾梅梅说："小菲，你不要怕，哪怕变得比现在还难看，我都不会讹你表姐的。再说，五万块的医美手术费，你姐一分钱没要，我还有什么不满足的，我相信你表姐的技术。等我将来有钱了，一定还你姐。"

　　吴小菲和贾梅梅是同班同学，也是最好的闺蜜，四年护理专业，他们俩形影不离。大学毕业了，同学们都忙着找工作，大多数同学都联系好了省城的医院。这几年由于人口老龄化的原因，医院里的缺口比较大，护理专业的本科学生找个工作还不算太难，贾梅梅从来没想过自己会找不到工作。

大多数医院招聘，她都投了简历，实际操作也都过了关，可是到了面试那一步，莫名其妙地就被淘汰了。用人单位的借口五花八门，贾梅梅明白，她们是嫌自己长得丑，皮肤黑黄不说，鼻梁处还有雀斑，塌鼻梁，颧骨颌骨也大，单眼皮小眼睛，总之，每一个部位都发育不完全似的，有同学私底下笑她是逃跑的女兵马俑。说这话的人有些损，吴小菲还和人为此干了一架。

　　失落的贾梅梅，坐在雨后的操场上发呆，吴小菲突然指着天空喊："梅梅，快看彩虹桥。"贾梅梅哪有心思看，她说："不就是一个彩虹吗？"

　　吴小菲却认真了，她说："我觉得彩虹的弧度就是一座桥啊，这头是你，那头是我，将来无论在哪里，我俩的心桥都是相通的。"吴小菲安慰贾梅梅："总有伯乐发现你这匹千里马的。如果不行，你去做个医美也行。"

　　吴小菲这一句无心的话，贾梅梅却放在了心上。她这两天一直在思考这个问题，可就是口袋里空空。

　　贾梅梅问吴小菲："做医美可以按揭吗？"

　　吴小菲吓了一跳，她说："你真打算做啊？"

　　贾梅梅坚定地说："我没开玩笑，只是没钱。"

　　吴小菲说："我表姐从韩国学成回来开了一家医美店，要不，咱俩去看看。不过，话说好了，你可千万不能冲动。"

　　表姐的店门脸不大，几个穿白大褂的姑娘在一边无聊地低头看手机，表姐正看着外面发呆。

　　吴小菲说明了来意，表姐一直没有生意的店，竟然还来了一个没钱的主儿。但是表姐是个仗义的人，她说："如果你们相信我，我就免费给你做，做完之后，你的照片得免费给我们做半年广告。"

贾梅梅想都没想就答应了。这样互惠互利的事情，多好！手术很成功，贾梅梅蜕变成了一个美女，简直和之前判若两人。当然，她很快在省城的三甲医院里找到了工作。

由于有贾梅梅的成功案例，表姐的美容店生意一天天好起来了，半年过后，有一天，贾梅梅突然转账五万块钱给表姐，说半年时间也到了，把自己的照片撤下来，她没说原因。表姐也没问，因为当初说好的，半年时间到了，表姐也兑现了承诺。

因为现在做医美的人多，有好多人自愿放自己的照片做广告，贾梅梅这张照片就不那么重要了，表姐就换成了其他人的照片。

随后，贾梅梅就像失踪了一样，吴小菲再联系她，手机停机，微信QQ也把吴小菲删除了。

吴小菲还去贾梅梅工作过的医院里找过她，但都没有找到，吴小菲经常望着两人的照片自语："梅梅？你在哪里？无论多大的困难，咱们一起扛。梅梅，你还好吗？"

人生就像过山车一样，表姐的店里给人做手术时，术后感染了，那人把表姐告上了法庭，表姐的美容店也关门了。

吴小菲也像当年的贾梅梅一样，开始重新找工作，没想到，工作比之前更难找了。

终于，有一个地级市的三甲医院愿意打电话约她面试。面试时，吴小菲惊讶地发现，贾梅梅竟然是这家医院的总护士长，她正面无表情地坐在台上出考题。吴小菲掩饰不住自己的兴奋，不停地给她使眼色，贾梅梅依旧装作不认识她。她明白，贾梅梅肯定是要避嫌的。

面试完之后，吴小菲一直等着最后一个人面试完，看着贾梅梅和助理两个人走进一间办公室。她跟了过去，却听见助理说："这个吴小菲的实操很规范，而且面试表现也不错。"

贾梅梅严厉地说："这个人不能要，你没看她的简历吗？曾经在一家医美机构当过护士，这个机构最近被告了，这样的人，咱们不能要。"

助理急忙说："可她真的很优秀啊？"

"优秀的人多了，这样的人一抓一大把。我说不能要就不能要。"贾梅梅声色俱厉。

站在门口的吴小菲望着贾梅梅那张脸，不由得打了一个哆嗦，她挪着沉重的双腿走到医院外。雨后，一轮彩虹桥在天空高高挂起，她抬起头，眼睛酸涩，似乎有什么东西涌了出来。

鳕鱼

乔恩被一阵噼里啪啦的声音惊醒，他睁开惺忪的双眼，这才发现，妻子大清早正在案板上收拾一块鳕鱼肉，乔恩就有些生气，早餐可以很简单解决，为何要搞这么大动静，才六点零五分，就把人吵醒了。

乔恩又返回到床上，他想再次进入梦乡，因为今天十点约了大项目的客户，对方公司实力很强，他想和对方谈判，就必须有充足的睡眠做保障，再拿出十二分的诚意来合作。

任凭他怎么努力，却怎么也睡不着了。乔恩翻了几遍身之后，他决定起床。

乔恩刮完胡子，洗完头发，将自己收拾停当之后，妻子已经将早餐端上了桌，是牛奶面包鸡蛋，外加一盘红烧鳕鱼。

乔恩喝完牛奶，吃了几口面包，剥鸡蛋皮的时候，他眼睛瞥了一眼那盘鳕鱼，他感觉自己的睡眠被这条鳕鱼打扰了。

妻子说："我辛辛苦苦起这么早，给你做的鱼，你连一口都不尝吗？这还是国外进口的鳕鱼。"

乔恩忍住没发火，他反问妻子："咱们当地没有鱼吗？"

妻子笑着说："当地人工饲养的鱼，哪有野生的味道纯正呢。"

乔恩一听这话，火更大了，他说："你是装糊涂呢？还是真不知道，我公司是一家针对生态环保的企业。"

妻子轻描淡写地回答："在家里吃，又没有外人看见。"

乔恩的导火索终于被点燃了，他"啪"一下将筷子拍在桌子上，说："你忘了吗？我吃素。大清早还吃得这么油腻。"

这一下子把导火索点燃了，妻子开始摔碗，"砰"的一声，碗掉在地上碎成了渣。

乔恩不想让事态扩大，他拿起公文包就开始往公司赶。到了公司之后，其他人都还没来，他来早了。他见邮箱里有公司总监起草的项目规划书，乔恩一看收件时间是凌晨三点钟，那时候，乔恩早已在梦乡当中了。

乔恩打印了一份，认真地翻阅起来，可他似乎无法集中精力，规划书上总出现一条鳕鱼。他摇了摇头，自语道："见鬼了，该死的鳕鱼。"

随后，秘书还没上班，他给自己冲了一杯速溶咖啡，坐下来这才集中精力看起了资料。

他发现，总监把一个很重要的利润分成小数点打错了，这样直接会使公司损失好几百万，乔恩的火"腾"一下子又升起来了。

总监刚上班，就被乔恩叫去训了一通，熬夜后的总监，眼睛肿胀着，却不得不接受自己错了的事实，又不敢为自己辩解。

过了一会儿，总监将技术部主任训了一通，你们怎么搞的，提供的数据怎么能这么离谱呢？

技术部主任被总监训了一顿之后，就把怒火发在了拟定策划书的小孔身上。

小孔拿着被退回来的策划书，无声地坐在电脑前，一一将数据重新核对了一遍。

对方公司的谈判团来了，当然，首先由小孔介绍这个项目的具体实施情况。小孔不卑不亢，但总感觉哪里不对劲，乔恩就一直在观察小孔，他最后发现，小孔全程都是板着脸，一丝热情和笑意也没有。

按说，这一点没有什么影响，因为，对方在乎的是利益。

可是，问题却偏偏出在了这里，对方公司的经理很较真，他是个瑞典人，全程用英语对话，最后用蹩脚的汉语来了一句："我们不能合作，你们没有诚意。我们不愿意和一个板着面孔的公司合作。"

"why？"乔恩急了，他这才发现，包括自己、总监、技术部主任、小孔都一副严肃而不可侵犯的神态。

谈判失败了。

乔恩破天荒地没有骂人。

他把自己关在办公室里，思考今天的失误点到底在哪里？难道这个老外真的因为他们没有笑容而生气吗？背后真正的原因是什么呢？

他拨通了对方公司副经理的电话，经过一番寒暄后，才得知，对方经理喜欢幽默而风趣的人。

乔恩这才开始反思，从小孔、技术部主任、公司总监、自己直到妻子，最终是一条鳕鱼惹的祸。

他就随手在电脑上搜索了一下"鳕鱼"。

刷出来一条短视频，主持人正在介绍，由于阿拉斯加鳕鱼的肉味道细嫩鲜美，它巨大的消费需求也使之成为美国最具经济价值的鱼类之一。

在2017年它已经成为美国捕捞最多的鱼类，由于过度捕捞鳕鱼，鳕鱼为食的海豹数量急剧减少。海豹数量减少之后，以捕食海豹为生的虎鲸失去了食物的来源，从而向近海迁徙，并开始捕食海獭，海獭喜欢吃虾蟹及贝类，它最喜欢的食物是海胆。当大量的海獭成为虎鲸的食物后，海胆的数量因为缺少了天敌而出现了爆发性增长，而海胆喜欢吃的是海藻类食物，对当地的海藻森林造成了破坏性的影响。由于失去海藻的保护和缓冲，海水冲击海滩的力度加大，导致沿海的房屋受到了侵蚀，使用寿命大大降低，沿海房价大跌。

此刻，乔恩自语道："原来，我就是那一条鳕鱼。"

滋味

　　亚繁和女儿逛超市，女儿想吃苹果，亚繁一看价签，倒吸了一口冷气，啧啧咂了一下嘴巴说："这么贵，过些日子再吃吧。"她把拿起的苹果又放回了水果货架。女儿嘟囔着嘴说："妈妈现在越来越小气了。"亚繁给女儿说："你看，咱家每个月要还房贷，车贷，你今年上的这个学校，是全市最好的学校，光择校费要交五万元呢，过些日子苹果大量上市了，市场上比这个便宜多了。明天，妈妈去市场上买，至少都要便宜一半呢"女儿也好说话，没再坚持要。

　　亚繁觉得有些对不起女儿，她打算第二天就去市场给女儿买些苹果。谁承想，快中秋节了，公司工会给每个工会会员发了一箱苹果，新上市的红富士苹果，色泽鲜红，个头大，一个都有八九两，果皮外面裹着一层粉白的果霜，让人一见都想直接咬一口。

　　员工们每人领到一箱，看着圆乎乎的大苹果，都喜滋滋地舍不得吃，下班后都各自带回了自己家吃。

　　亚繁姐回家就给爱人显摆说："你瞧瞧，我们公司今年发的苹果，多大。这真是想什么来什么，我刚说今天去市场看看呢。"

　　亚繁就赶紧给女儿削了一个大苹果。随后又给自己和爱人削了一个分开来吃了。她说："没想到，公司今年出息了，这苹果脆而嫩，味道还特别甜。"老公也夸赞说，今年这苹果不同于往年，味道特别鲜甜。

突然间，办公室欧阳发来微信语音说："亚繁姐，你知道这次公司发的苹果是谁的吗？"

亚繁就好奇地问："谁的呀？"

"是雪伊家的，据说是他父亲果园里的。"欧阳的语气里多了很多不满。

亚繁将嚼在嘴里的一口苹果渣吐了出来，她瞬间觉得这苹果怎么这么多渣。

雪伊和亚繁两个人之间的关系很微妙。两人是同一所大学的同学，几乎是前后进的公司，但雪伊在设计方面很有创意，经过这几年的努力，已经成为设计总监。

亚繁就不舒服了，她从心底里感觉到不公平，凭什么你当总监，我还要听从你的安排？亚繁瞬间觉得这个苹果没有刚开始吃的时候那么甜，好像还有一股说不出来的味道。

她对老公说："我怎么感觉到，这有一股子吃人嘴软之嫌呢？"

老公就劝她说："你不是舍不得掏钱自己买吗？你管那么多干啥？难道你吃鸡蛋，还要管是哪只鸡下的蛋不成吗？"

亚繁嘴里虽然承认着，但就是觉得心里堵，她说："我觉得其他任何人家的苹果都行。只要不是雪伊家的，我心里就舒服。反正不能让她挣了这个钱。"

老公就劝她想开些，你只要想着，自己一分钱没掏，还吃到了苹果就行了。

亚繁就开始琢磨了，为什么偏偏是雪伊家的苹果，如果都可以这样的话，那我就把我二舅妈她三姐的伯父的小舅子的苹果也可以推销给公司啊？这中间难道有什么猫腻吗？雪伊家的苹果肯定比市场价高了。

于是，亚繁就给欧阳吐槽说："可能雪伊家苹果价高，比市场价估计高出两块多钱呢？"

自从亚繁得知苹果是雪伊家的，每天回家看见那箱苹果，她想吃，可总是提不起兴趣，好不容易吃一个，还是和老公分吃的。吃一口，她说："我觉得这个苹果，表皮是不是打了蜡，怎么我觉得有一股嚼蜡的感觉。"

于是，她就又专门去了一趟超市，查看了一下苹果的价格。

第二天公司里疯传雪伊家的苹果比超市苹果贵两倍的说法，这件事传到公司工会主席耳朵里，他专门让人把公司采购的这箱苹果价格，从数量到价格，都一一发到公司群里，让大家过目。结果，价格比超市还便宜一块三毛钱，大家都不吭声了。

亚繁瞬间觉得像占到了很大的便宜，她觉得苹果味道比以前好吃了。她拿起一个苹果，狠狠地咬了一口说："只要她没赚到钱，我就心旦高兴。"

从那之后，公司再也没有发过那么大，那么脆甜的好苹果了。据说都是从市场直接采购来的，全都是不认识的水果贩子上门推销的。

欧阳和亚繁就在一起怀念，还是前年苹果好吃。亚繁说："如果那个苹果不是雪伊家果园的多好。"

证人

　　我把电动自行车骑到了单位车棚底下，将充电器插在 2 号云充电电桩上，还没有打开手机的扫一扫功能，门房老张热心地问我："插板能插上吗？"

　　我说："稍微有一点吃力，充电线绷得有点紧，随时可能掉下来，不知道旁边这辆电动自行车是谁的，如果能往右挪一点点，我就能轻松地充上电了。"

　　正说这话的同时，自行车的主人来了，他是单位家属院的一个住户王为，疫情期间打过几次交道，他说："我刚好要去上班，电动车就骑走了。"

　　我等着王为挪电动车的同时，只听见"咣"的一声，我们俩不约而同地互相抬头望了望，老张骑着一辆红色的三轮电动车，撞在一辆银灰色的小汽车上了。

　　那辆车新崭崭的，看样子挂上车牌没几天。

　　我还在心里惋惜，老张这次又得一千块钱左右给人家修车了。

　　王为也说："老张这次可得一笔钱花了。"

　　谁知，老张知道自己撞别人车了，扭头看了一眼，拧了一下三轮电动车手把加速，迅速地将车开出了停车场。

我和王为相互望了一眼，都没有说话，王为也迅速地骑车上班去了。那速度，生怕谁把他逮住似的。

不知道为什么，我给云充电小程序里面充钱的时候，手竟然是颤抖的？我自问自己："你在害怕什么呢？"

此地不可久留，于是，我充上电，也迅速地逃离了这个是非之地。我出停车场门的时候，专门留意了这两天正在给单位修院墙的工人们，他们其实也看得很清楚，可他们都似乎像没事人似的。

我匆匆忙忙上楼，还差点被台阶绊倒。我的办公室窗外，刚好下面就是单位的停车场，我打开电脑准备写一个公文材料，可我根本静不下心，我不停地趴在窗户上往外看，那辆新车的车前门和后门上有两个新伤，都凹进去了一大块。我心疼地"唏嘘"了一下，有点牙疼的感觉，我有点心疼这个车主。

静不下心来，我就去大办公室，忍不住给办公室三个小年轻分享了这件事情的经过，小撒坐的位置不能直接看到窗户下面。她问小常："你能看到那辆车上的伤痕吗？"

小常头也没抬地答："看不到。"

此刻，小王正透过窗玻璃朝楼底下看，她说："那么大两个伤，怎么能看不到呢？"

小撒知道小常没看，她也毫不客气地说："你根本就没看，哪能看到呢？"

我突然间意识到，这种事情，大家都不想把自己牵涉进证人的行列。可能原因有很多，一是因为这辆车，不知道是谁的？从心理上，我们都没有任何义务帮他看车，被撞是他的，又不是我们的。另外，老张天天和我们打交道，如果车主把这事交给警方，我们做不做这个证呢？

从道理上来讲，老张给人家赔偿是天经地义的事情，可是，老张一个月就那一千多块钱的工资，还要支付一家老小四五口人的生活费。从这一点上来看，我们是同情老张的，可是，同情老张也不等于老张就可以撞了人家的车不赔吧？

随后我又一想，能开得起这种车的人，估计也不差那一点修车钱，但总归是心疼的，谁的钱也不是大风刮来的。

车主可以自己掏钱，但事理上不通的。老张这一逃逸，似乎不是钱的问题了。不知道谁来了一句："车主可以走保险。"

我顿时觉得轻松了许多，这样，老张和车主都能轻松了。

单位司机来了一句："那个小伤，走保险划不来，明年保费就涨价了。"

我返回自己办公室，藏在窗帘后面，悄悄地观察了一下底下的动静，那个车主不知道干什么去了？总之，没有任何一个人来看这辆车。

两点到四点这两个小时之间，我竟然忍不住看了这辆车不下五次。根本无心处理更多的工作。

我一直在打心理战，用时下最时髦的话叫精神内耗，如果警察问，我到底是看见了还是没看见呢？如果说没看见，如果家属楼上的那个监控能看见，我不是做伪证了吗？

我正想这事的时候，就听见楼底下吵吵嚷嚷的，一个三十岁左右的男子，谢天谢地，据说他是家属楼五楼的住户，幸好我几乎不怎么认识他。我似乎感觉自己的罪恶感也减轻了。只见他很气愤地说："就查十二点以后，到四点之间的监控，我才新买的车，查一下进出的车辆，看看到底是谁撞了我的车，竟然还逃逸了。"

我把窗帘拉开了一点点，我看见四五个人都围着车在议论纷纷，老张也在其中，还有那几个干活的工人，老张说："单位这个监控照不到这边，家属楼上那个监控是坏的，去年春节前，家属院老王家丢了一辆电动车，去派出所报案了，那个监控是坏的，根本没法查。"

老张一板一眼地给车主讲着，我在三楼，隔着玻璃，根本看不清老张的表情，我突然对老张没有了同情，原来，魔鬼的世界里也不乏可怜之人啊！

那个车主很无奈地把车开到修理厂去修了，看着他绝尘而去，我拍了拍胸腔，感觉有一股气堵在了其中，我有点同情他了。

双
簧

　　那年我在西藏当兵，隔年秋天，我被调回到西北一个偏僻的小县城的武装部，只有十个人的小单位，我有一种深深的失落感。领导让我任办公室主任，小单位当个办公室主任也就领导一个文书叶青，大多数工作还得自己来干。

　　我刚来，正碰上部队征新兵工作，所有报名的新兵资料都得我们办公室一一审核，工作量特别大。我和叶青两个人，加班加点，把所有的资料审核完成，最后一道工序交给政委和部长审核。

　　突然间，叶青神秘地跑过来对我说："我刚刚看见曾国春的家长，腋下好像夹了一条烟，跑政委办公室去了。"

　　叶青说这话的时候，我正犯烟瘾了，我说："你说咱俩辛辛苦苦，加班熬夜的，到头来，好处却是领导的。"

　　叶青说："按说，这个曾国春从资料上看，没什么大问题啊？这个兵是硕士研究生，一米八二的个子，身体素质考核和体检都没问题，怎么他的父亲还需要给领导送礼，跑跑关系吗？"

　　我们俩回忆了一下，好像是这样，我说："如果是这样，那估计就是哪项资料是假的，咱们没有审出来。这坏了，他这一去找领导，领导还要训咱俩工作不认真呢。"

叶青也急了，他头上的汗也冒出来了。我说："先别急，咱们俩给他演个双簧。"

叶青问："主任，怎么演？"

于是，我偷偷地对叶青耳语了一番。随后，我们两人便开始着手准备实施我们的计划了。

第二天下午，我们俩分别请了假，我去了县城稍微隐蔽一点的一个酒店，潇洒地开了一间房。

等叶青请到假后，我们用酒店房间的电话给曾国春家长打了一个电话，内容是这样的："喂，你是曾国春的父亲吗？您儿子的学历涉嫌造假，你马上带两条好烟两瓶好酒到某某酒店208室来一趟。"

曾国春的父亲接到电话，愣了一下，随后，他哈哈大笑着说："好好好，我一会儿就到。"

开酒店房间的钱不能白花的，我们在等曾国春父亲的同时，我们开着空调，两个人分别泡了一个热水澡，泡完澡，我们俩美滋滋地躺在床上计划着。叶青说："主任，你说，如果他拿了一条烟，咱们怎么办呢？"

我翻了一个身，笑着说："你竟然提前规划啊，人小鬼大啊！"

叶青被我说得不好意思了，他结结巴巴地说："不是，我觉得，曾国春父亲如果不那么大方呢。"

我说："你放心，不论什么东西，咱俩都是一人一半。"

叶青本来不大的眼睛，笑得眯成了一条缝。

突然间电话铃声响起来了，我赶紧从床上起来，整了整衣服，虽然出来时，我俩都穿了便装，但不能丢了军人的份。

叶青接起电话，紧张得更结巴了。我急忙接过电话，我比叶青还紧张了。

电话是政委打来的，他在电话里说："你们两个浑小子，现在在哪里？马上给我滚回来。"

我在电话里也结巴了，我说："是，马上回来。"

我几乎是不由自主地立正了。

我和叶青两个人，敲竹杠没敲成，还搭进去二百块房间钱。

我们俩灰溜溜地逃回到部队，然后忐忑不安地等着领导训我们。

第二天一大早，刚好是例会，我们俩在底下心里直打鼓，两个人都做好了挨批评的准备。随后，听到政委说："散会。"

我们俩互相望了一眼，都用征询的目光问彼此，这就完了。随后政委见了我俩，也是很正常的，也没有任何批评我们的意思，十多天过去了，我们俩忐忑不安的心才放下了。

在新兵的欢送仪式中，我忍不住问这个曾国春："你这么优秀了，家长还需要找领导走后门吗？"

曾国春说："不瞒你们说，我父亲是来走后门的，是想让领导把我刷下来的。"

"什么情况？你父亲这是演的哪一出戏？差点……"后面的话我没说出口，我想说的是，差点让我俩背个处分。

他说："父亲想让我毕业后进家里的企业，我不想被安排，我觉得一个男人，如果这辈子不去当兵，会后悔的。我父亲拿了一条烟想去腐蚀部队领导，顺便把我拉回来继承他的企业，结果，烟被退回来了，父亲被政委讲的家国情怀感染了，随后便同意了我去部队上锻炼一下。"

"啊？"我和叶青不约而同地惊叫一声。

互换

老刘老两口被儿子儿媳妇征用了，来城里接送孙子。

老刘一辈子在村里种地，这突然间闲下来，他感觉没着没落的，成天心里惶惶的，老刘闲暇无事时，就开始在小区四周转悠。

经过细心观察，老刘发现了一个宝。那天，他把孙子送到幼儿园后，神神秘秘地骑着三轮电动车回了一趟老家，返回时，三轮电动车车厢里多了一把镢头、铁锹、耙子等工具七八种。他没给任何人声张，悄悄地把这些工具全放进了儿子新买的地下室里。

回到家老婆问他："你干什么去了？"他支支吾吾不说实话。后来，在老婆的再三追问下，才给老婆说，他打算在小区里种菜，还叮咛不让老婆给任何人说。

老婆也吃了一惊，说："城里的地方，哪里会有地，让你可以种菜呢？"

老刘就趁大家都午休的点儿，悄悄地带着老婆侦察了那块地。还真是有一块地，看样子，是开发商打算继续建楼的地方，这一两年，楼市都不怎么景气，开发商也不敢贸然再盖楼了，于是，那块地就闲在那里，里面长满了荒草，草都有一人多高了。

老刘是庄稼行里的把式，他每天早晨六点多，别人还没有起来，伊就已经翻了半个小时的地了，刚开始，大家都没有在意，他们也不去关心开发商要在这块地里干什么，都很忙，谁会在意一片荒地呢？

后来，等老刘把这一大片地收拾得平平整整的时候，也没有人在意，偶尔有一两个带着孩子路过的人，也从不打听，老刘要在这片地里做什么。

老刘有自己心里的小九九，他知道，反正是捡来的地，要种那种生长季节短的菜，如果开发商又突然间要开发这块地皮了，他也损失不大。

老刘就去蔬菜种子站买了小青菜种子撒上，没过几天，种子就发芽了，绿油油的长势很喜人。这时候，整个小区的人才发现，老刘竟然也是住这个小区的业主。

大家心里就不平衡了，凭什么你可以种菜，我们都是花了好几十万买的房子，为什么你就可以多出来一块菜地。

老刘的这一大片青菜，虽然实现了吃青菜自由，当然还有许多多余的菜，如果再不吃，就长得太老了，吃不了了。

老刘就想到了在小区卖菜，刚开始，老刘打听好了，和市场一个价卖。

一整天老刘的菜没有卖出去一根，小区的人宁肯绕路去外面市场买，或者去超市买，都不愿意在老刘这儿买。

老刘就低于市场价两毛钱卖菜，还是没有人买，很多人见他在东门卖菜，有人就无视他，也有人绕到西门走，反正就是不买老刘的菜。老刘就自语说："这见鬼了，便宜了都没人买，那我就换个地方。"

于是，老刘就把菜拿到马路斜对面一个小区门口卖菜，他发现，对面那个小区门口的老金，和自己的境遇一样，老刘的菜在这个小区很快便卖完了，老刘和老金就商量了一下，老金去老刘小区门口卖菜，老刘在对面这个小区门口卖，说来也怪，老金的菜和老刘的菜一样的价钱，在这个小区也很快卖完了。

于是，两个人就这样互换着地方卖菜。

有一天，老金就问一个老大爷，说："听说以前你们小区门口，有一个老刘也在这儿卖菜，你们为什么不买他的菜，却要来买我的菜呢？"

那老大爷就说了："便宜不能让他一个人占了，都出同样的价钱买的房子，凭什么他可以种菜呢，自己吃也就算了，还卖菜，真是岂有此理。"

老金就和老大爷打哈哈，老金没敢说，自己也是在小区空地上，挖出来的地，种出来的胡萝卜。

老刘的小青菜很快就卖完了，他准备再种点大白菜，可谁承想，物业收到了举报，好多人都不愿意，说凭什么老刘可以种菜，于是，老刘的大白菜种子还没种到地里，就被叫停了。

随后，小区的那块地，就又开始长草了，看着满地的荒草，老刘心里比之前更堵了。

他总是路过那片草地时摇摇头，近乎呓语般说："可惜了，太可惜了。"

教练

　　我在驾校当教练时，那天驾校给我分配了一个小学员，男孩子，刚满十八岁，我一看，挺清俊的一个小伙子，估计学车上手也挺快的。我从心底里高兴，因为驾校考核教练，考核标准就是学员考试的通过率，从这几年当教练的经验来看，我最喜欢那些年轻的小伙子，虽然说有点毛手毛脚，但总比女学员通过率高，多挣几个奖金总没错吧？

　　谁知，我感觉自己这次看走眼了。这个学员，我给他上完理论课，给他演示了一番安全带的系法以及讲一遍操作要领，然后我下车，让他坐在驾驶员的位置，我坐在副驾上。

　　他围着车转了一圈后上车，不停地调后视镜，迟迟不肯发动车子，我说："你磨蹭啥呢？"

　　他说："教练，我害怕。"

　　我说："你怕啥呢？有我呢？不要怕，我这脚底下有副刹车呢。"

　　他这才开始系安全带，他额头上的汗不停地往外冒。为了减轻他的心理负担，我把头别过来，脸看向车窗外，不去看他。

　　等我回过头来时，这才发现，他把安全带插到我这边的卡槽里了。我抽出来重新交给他，让他重新插好，急忙将自己的安全带插好。更离谱的是，他的安全带不是斜背过来的，而是从脖子上套下来的，我一下子火了，我质问他："你这跟谁学的，小心把你自己勒住。"他这才把头从安全带里取出来。

他一打火，车就熄火。这还在我的心理承受范围之内，我强压住内心的火，好不容易车子发动起来了，他是一脚油门，一脚刹车，我是咣咣直撞脑袋呀！

后来，遇到要停车时，他打转向灯时，直接将右手伸过去，把灯打开，我终于忍不住了，我用小竹棍照着他的手打了一下，谁知，他更紧张了，正在半坡起步的关键时间，他的车竟然一直朝坡底下倒溜，我直接踩了一脚副刹车，车才停住。

我教的这一期三十多个学员，学了两个多月，一同去宝鸡考场考试。学员们都坐在等待区观看大屏幕上自己的名字和考试安排的顺序。

结果，快要轮到他时，他竟然不见人了。

我和几个学员分头寻找，等我找到他时，他正蜷缩在一个角落里，我着急地说："快轮到你考试了，你怎么还在这里呀？我都找了你好几圈了。"

他憋红了脸说："教练，我尿裤子了。"

"什么？"我吃了一惊。按常理，这是根本不可能发生的事情，我压低声音说："你这么大个人了，怎么会尿裤子呢？"

随后，我还怕其他教练笑话他，也笑话我，我就故意把他堵在角落里，以防其他路过的学员和教练看见。

他说："我一看见大屏幕上出现我的名字，我就想上厕所，结果，还没走到厕所门口，我就尿到裤子里了。"

我的头也大了，我说："那你咋办？我去给你买条短裤。夏天，怎么样都好办。"

他头摇得像拨浪鼓，说："不行，教练，我一听你说这话，我又想尿尿了。"话没说完，他一溜烟地朝厕所的方向跑去。

我站在原地等了他一会儿，他回来了，难为情地说："教练，我不考了，一说考试，我就想尿，我就双腿不由得打战。"

没办法，我不想放弃任何一个学员。可他自己放弃了自己。

这件事此后的一段时间，他被当作反面教材，被其他教练和学员笑话。

过了几年，由于我们家老二的出生，家里经济拮据，我就从驾校辞工，开着自己的车出来跑网约车了。

那年腊月二十九，挺冷的，一个外地号码的乘客订了一趟去新集川村的行程。小伙子坐上车，很规矩地系好安全带，因为新集川有班车可以到达的，我就随口问了一句："小伙子，你确定去新集川村吗？"

他很肯定地回答："是。"

我说："那可不便宜。"

由于路途偏远，一路上，我就有一搭没一搭地和这个小伙子聊天，我总感觉这个人似曾相识。

我开车遇到转弯时，他来一句"漂亮"，遇到有大车在前面，我超车，他再来一句"漂亮"！

我很奇怪他的反应，我说："这两年好多外地打工的，他们过年回家都自驾回来。"

他说："不是买不起车，不瞒您说，我在深圳应聘了一家汽车维修公司，专门给高档车钣金。这些年也挣了一些钱，但我有一个不为人知的缺点，就是不敢开车，一坐上驾驶座，两腿就开始不是自己的了，就打战，浑身哆嗦。我当年那个教练骂我，说让我以后不要开车，如果开车就是害人害己。后来，就放弃了开车的这个念头，但是，每到过年时，村里边打工回来的人，都开着车回来，我爸爸就说，'娃呀，你是不是在外面生活得不好，挣不着钱啊？'这次叫网约车，我是想让村里人知道，我是挣了钱的。"

我戴着墨镜，从后视镜里细看一下，我这才发现，这个小伙子已经长成大人了，满脸的胡茬。他就是当年那个尿裤子的男孩子，我都为他没考上驾照遗憾了。

车开到村口，他说："停下来就行了，里面路不好走。"

我执意把小伙子拉到他们家门口，并大声地问了一句："周经理，您慢走，我什么时候来接您呢？"

小伙子愣了一下，随即露出会心的笑，说："我到时候给你打电话吧。"

我急忙掉转车头，我没敢说，我就是当年那个教练，也许他也早已认出了我。

朋友

车静是个细腻的女子，也是个心思极重的人。在她面前，我觉得自己是个粗人。我说，我的长篇小说终于出版了，送你一本吧，这是签名版！我虔诚地双手递过我的书，车静也双手接过。

很多次，无论给谁送书，我都是双手递上。当然，尊重对方是第一位的，但好多次，我觉得是对自己辛苦努力的一种尊重，我要对得起自己大把大把掉落的头发和满脸的黄褐斑。

车静像变戏法一样，从身后拿出一支鲜红的玫瑰花，笑着说："送给你！"

我的瞳孔瞬间变大了，女人对花的喜爱是天生的。我欣喜地接过玫瑰花，向服务员要了一个空花瓶，将花插在里面，我说，这枝花一定得珍惜，它得开得时间长一点，像我们俩这稳固的朋友关系。

玫瑰配红酒，只不过，可惜我们面前不是西餐，而是热气腾腾的火锅，俗是俗了点，我管这叫中西合璧。我端起红酒，摇了摇，我说："静，这是我收到的第一支女朋友的玫瑰，无论如何我得敬你一杯。"

车静和我碰了杯，高脚杯清脆的声音，让整个夜晚都迷离了。

红酒让我们俩都有点醉意了。

我说，你对朋友不够真诚。车静的眼神比夜更迷离，她摇了摇手中的杯子，酒差点跳出杯外。

她说："来来来，喝酒，喝酒！"

车静和我都明白，虽然是醉话，我说的真诚是什么意思！

我知道车静不想说。

事情发生在一周前，我们俩都不可能忘记。我去西安参加省作协举办的一个文学培训班，从小县城到西安，如果坐火车，就得赶凌晨五点的火车，再说，会议报到安排到下午两点以后。只能坐大巴车，我上车的时间卡得有点紧，我刚一上车，司机就启动了车子，我还在车辆的颠簸中寻找自己的座位，根本没有注意到车里都坐了谁。

我刚落座，就有一个熟悉的声音在我耳畔响起："妞妞，打算去哪里？"竟然有人在这里叫我小名，真是太欣喜了，我最讨厌孤独的旅程，哪怕只是三四个小时。

我到处寻找着声音的来源，终于发现了，车静在我右前方第二排靠窗的位置戴着墨镜向我打招呼，我说："你这也太给力了，你怎么去西安不给我说一声呢？"

车静说："工作上的事，去洛阳开会。"

车已经开了，我旁边的座位空着，我问乘务员："旁边如果没有人的话，可以换座位吗？"乘务员说："可以，后面还空着好几个座，随便坐，咱们走的是高速，中途不停车，也不可能再有乘客上车了。"

这也太贴心了。我就朝车静喊："你坐到后面来，咱俩这样高声讲话，有点影响其他人休息。"

车静站起来，对靠近过道边同样戴墨镜的男子说："你给我让一下，我坐后边去，和朋友说说话。"

顺理成章的事儿，却在这儿卡了壳。

那个人将他的腿蜷起来，双膝抵到前面座位上，就是不给车静让路。

我急了，我想质问一下，这人怎么这样呢？这不是你家的车，是公共的，你为什么不让路呢？

还没等我发话，就听车静温柔地说："我只是和我姐们说会儿话，一会儿就过来了，你给咱看包！"

感觉哪里不对呀，听这口气，有点那什么？应当是熟悉的人！

我说："算了，车静，你不过来了，我昨晚熬夜写小说，到现在还困着呢？我打算睡一觉。"

我故意眯起眼睛装睡了。

已经站起来的车静，怎么会不知道我的把戏，更何况我俩这多年的朋友，谁不清楚谁心里的想法呢？

我眯起眼睛，在心里思量着这个人到底是谁？为何在车里边戴墨镜，难道是怕谁看见了自己吗？车静为何在车里也戴墨镜呢？有一个熟悉的人，突然间从我脑袋里跳了出来。我拍了自己大腿一把，呀，是这货色呀，他在这装什么大尾巴狼呢？

我以前的同事伊义，我调走后，他又和车静成了同事。后来，听人说，他们俩关系有点暧昧，已经造成了两个家庭的不和谐了。

如果是个陌生人，我这边倒还好说一点，哪怕上前狠狠地教训他一顿也成，但这熟人，人家假装不认识我，我这有点犯难了。

车静说："你再不让开，我就跳过去了。"

我透过眯着眼的缝隙里看他的表情，他终于不情愿地让开了。

车静终于和我坐到了一起，我们俩的话题不约而同地转到孩子的身上，学习呀，教育呀玩手机呀等，总之，谁都避免说到刚才尴尬的一幕。

然后，突然间无话可说了，以前坐一起天南海北的聊天，可以聊五六个小时都不想歇，今天这是怎么了？这僵局，可真难打破呢？

车静说："昨晚睡得晚，有点困了。"我说："我也是，熬夜写稿，我也有点撑不住了。"然后，我们俩就那样似睡非睡地熬过了这一程，路好长啊！

思绪得转回来了，我继续端起酒杯，说："来来来，敬，敬你一杯，静，你有什么打算呢？"

车静说："喝酒，喝酒！"

我说："静，我希望你过得比我好！"

车静望着窗外，幽幽地说："我希望你过得好，但不希望你过得比我好！"

我说："静，你好可爱。"

后来，听说车静离婚了，一个人带着两个孩子。

伊义也离婚了，但结婚对象不是车静，是一个比车静小十多岁的女子。

苍蝇

　　谷穗儿正在享受着爸爸带给他的那份温情，爸爸摸摸她的头，眼里满含着歉意。谷穗儿懂爸爸这种感受，大人也有辛酸无奈的时候。

　　谷穗儿想到爸爸夹在妈和后妈之间的那种感觉，她替爸爸难过，她将泪水生生地憋了回去，她只想享受一下此刻的父女情深。

　　爸爸说："穗儿，听说你这次又考了全班第一啊？"

　　谷穗儿点了点头。

　　爸爸从包里掏出一条粉色的新裙子，说："快去试试看，看爸爸给你买的裙子合适吗？"

　　谷穗儿去酒店卫生间换了衣服出来，衣服很合身，谷穗儿无比兴奋。

　　爸爸说："说起衣服，你记得不，你小时候，有一次，爸爸带你去看电影，你非得骑在爸爸的脖子上，爸爸就将你架在脖子上，结果，你竟然撒尿了，给爸爸尿了一身啊，衣服都湿透了。"

　　谷穗儿撒娇道："爸，那时候我才多大，怎么能记得呢？再说，我都长这么大了，你竟然还说这事情，多让人难为情啊！"

　　爸爸哈哈笑着说："是啊是啊，我的乖女儿长大了嘛。"

　　爸爸低头的瞬间，谷穗儿发现，爸爸有了白头发。是啊，爸爸也老了。

爸爸给谷穗儿点了她最爱吃的松鼠鱼，鱼上来后，她把第一筷子夹给爸爸。爸爸欣慰地说："看来我的宝贝女儿真是懂事了。"

谷穗儿说："爸，我记得以前见你在家里做松鼠鱼，做得比饭店的大厨还好吃。"

爸爸感慨地说："爸爸现在忙，已经多少年不做了，以前咱家困难，大多时候在家做饭吃，现在日子好了，可越来越忙了，家里几乎不动烟火了。"

谷穗儿说："爸，我妈说了，有烟火的地方才算家。小阿姨不做饭吗？"

谷穗儿称呼爸爸的现任妻子为小阿姨，爸爸没有反对。

爸爸抿了一口酒回答说："你小阿姨呀，不喜欢做饭，她喜欢去做美容，今天打什么除皱针，明天又要祛斑，后天做美甲，反正变着花样地让自己变漂亮。她没有心思做饭的。你爸爸我现在都习惯了，天天只能上饭店吃了。再说生意上的应酬也多，也不能按时回家。"

谷穗儿看着爸爸渐渐隆起的肚子，她像个小大人一样劝爸爸："爸，以后还是少喝点酒，等我再长大点，我给您做饭。"

爸爸泪水涌出了眼眶，也许是喝了点酒，爸爸有点激动了。

话说到兴头上，爸爸突然结结巴巴地问："穗儿，你弟弟，也就是谷粒儿出事那天，你在做什么？"

谷穗儿突然间沉默了，她没想到，已经半年多没有见他了。爸爸还是不信任她，爸爸也怀疑谷粒儿是她从楼梯上推下去的。谷穗儿的泪水涌了出来。

爸爸借口去卫生间了，谷穗儿一个人安静地坐着。此时不到饭点，人很少，谷穗儿却没法沉浸在这种父女见面的温馨气氛中了。

突然，她看见爸爸的包里有一个东西在闪，红红的光，让她好奇了。

她像小时候一样，顺手翻了一下，竟然翻出了一支录音笔。

谷穗儿的头嗡一下，血液都嗖一下冒上了头顶。她很想质问爸爸，为什么要这么做？

谷穗儿冷静地思索了片刻，她重新将录音笔装回了爸爸的包。

爸爸回来后坐定，她给谷穗儿夹了一口菜，谷穗儿像嚼蜡一般难以下咽。

面前飞过一只苍蝇，在谷穗儿头顶盘旋了，随即落在了盘子上，谷穗儿说，爸爸，这道菜不能吃了。

爸爸疑惑地问："为什么不能吃呢？"

谷穗儿努了努嘴，用下巴指了指那只还在汤汁里挣扎的苍蝇。爸爸愣了愣神，随后不自然地将手伸进了头发里，胡乱地抓了几把。

他满含歉意地说："穗儿，你听我说……"

谷穗儿打了个手势，制止了他。半年前的暑假，巧的是，谷穗儿那天在补习班低头画画，等她抬头的时候，她看见谷粒儿竟然也坐在了这个教室里，谷粒儿冲她做了个鬼脸。她不想惹谷粒儿，因为，他经常在小阿姨跟前诬告她。所以，谷穗儿尽可能离谷粒儿远一点。

课间，谷穗儿去上卫生间，谷粒儿在卫生间门口挡住她，说，谷穗儿，你这个画板和鞋子都是我爸爸买的，我要告诉我妈妈。

谷穗儿也不示弱，她说了，那是我爸爸。

谷粒儿说，我爸爸喜欢的是我，他不喜欢你。

谷穗儿不想和他争辩，她转身下楼，步子很快，她跑到一楼时，听见了砰的一声响。

谷粒儿想追上她，结果从楼梯上滚了下去，头磕在了楼梯的拐角处，到现在还是个植物人。警方一而再再而三地追查，无果。关键是补习班根本就没有监控。

谷穗儿知道，她不能解释那天发生的事情，她怕爸爸因此不爱自己了，关键她根本说不清楚。

后妈坚持认为，是谷穗儿把谷粒儿推下楼梯的。但好多学生都证明，谷粒儿是自己摔下去的。

哭孝

　　老谢从广州打工回来了，一帮摄影发烧友为老谢接风。在饭桌上，老谢给大家讲他在南方的经历，不知道为何话题就扯到了哭孝的问题上了呢。

　　老谢说，他们有一天去一个村子里摄影，有一户人家的老婆婆去世了，丧礼特别隆重，有一个招牌为孝行天下的公司，将路两边布置了十几个白色的大灯笼，下面挂一副对联，从巷子口开始布置，一直排到家门口。孝子贤孙们跪了大半个院子，老婆婆下葬的时候，女儿媳妇们哭得伤心欲绝，有好几次往棺材上扑，都被人拦下了，周围看的人都落泪了。

　　他们几个都感叹说，这家的家风真不错，孩子们多孝顺。

　　一个年纪大点的影友说了，这样看来，我这算大不孝了，我妈死的时候，我也伤心，但忙里忙外地要招呼客人，要安顿葬礼上的诸多事宜，根本没时间去哭，也没有精力。惭愧啊！我的两个姐姐也哭得还算伤心吧？但还没有人家这样悲痛的。我妈去世的时候，已经九十六岁了，我的两个姐姐也七十多岁了，她们一动哭声，亲戚朋友们都劝说，你妈这是喜丧，别太悲痛了，人最终都要走这条路的，哪个人能长生不老呢？你们节哀吧？加之，我的姐姐们身体都不太好，大家都不想让她们太伤心，怕伤心过度，会诱发别的什么问题。看看人家这阵势，真惭愧啊！

另一个影友说了，我爸患了脑出血之后，刚开始还行，有我妈搀扶着，基本生活还能自理，我记得我刚上大学的时候，我爸就病了，这一病就是二十多年啦。后来，我爸隔一两年就住一两次院，最后，我爸的生活越来越不能自理，上卫生间都要人背着去，结果，把我妈累倒了，由于常年劳累，我妈患上了糖尿病，家里两个病人，说句实话，真的是不堪重负，我和我哥两个人轮流值班，谁有事，另一个就替上，幸好家里还有两个孩子。我妈说了，你们都这样孝顺，厚养了父母，将来，我们走的时候，你们都不要伤心了。伤心啥呢？我和你爸去了，自己也不受罪了，对于我们自己来说，解脱了，把你们也解脱了。葬礼再怎么豪华，人怎么伤心，有好多都是做给外人看的，只要在活着的时候，真心实意地对父母孝顺，那才是真正的孝顺呢？

有人认同他的观点，有的人还是不同意了。

有人说了，厚养这个无可厚非，但老人们不愿意啊，他们一辈子经历过多少葬礼，就像我奶当年，我妈走得早，我奶一看，说了，将来我走的时候，必须和你妈妈的一样，要请吹鼓手，要挑多少间亭子，要散多少孝布，嘴里必须含金，手里要有握的金子。穿的寿衣要多少件，盖什么花型的被子，这些老人在活着的时候就一一交代了。看儿孙们孝顺不孝顺，必须在这些上面体现的。所以，这些东西要因人而异的。

话题扯得有些远了，有人给老谢敬了酒，让老谢继续讲下去。

老谢酒喝高兴了，继续开始他的见闻。

说，你们猜，那些哭得伤心的儿女们最后都做了什么？

大家都猜不出来，他说，葬礼结束后，那些女儿，一个个脱去孝衫，去总管那里挨个领钱了，一个人五百。

有人急了，自己家的女儿，怎么哭个丧还要给发钱啊？

　　老谢就笑，说，连我们也没有想到啊，那根本就不是自己的女儿啊，那是掏钱雇来专门哭丧的。人家现在有这种专门从事哭丧的职业，据说还挺火爆。这家的丧礼刚完毕，据说，又接了一家。他们每个月的收入挺高的。

　　大家都陷入了深思，好久，饭桌上几乎都没人说话了。

　　一时间，空气似乎凝固了。

　　老谢端起酒杯说，来来，喝酒喝酒，厚养薄葬这也是咱们这里的传统，是个好现象。咱们应当庆祝，不是吗？

　　好，喝酒！

冤家

在我看来，大姑和表姐宁婷真是天生的一对冤家。

宁婷姐离婚的那个黄昏，大姑盘腿坐在夕阳的光影下，一把鼻涕一把泪水地数落着："我怎么生了你这个不争气的东西，你说，你离婚了，让娘以后在村子里怎么抬得起头呢，让别人怎么看你，说你是被婆家休了，回了娘家。嫁出去的女儿，泼出去的水，我再也不管你了，你爱去哪里去哪里。"

宁婷姐含着泪水，回一句："以后我的事你少管，我死也不会踏进娘家半步的。"然后，带着几件随身的衣物便出门了。

宁婷是个倔脾气，不过，话说得也狠了点。

宁婷离开家的那天晚上，大姑却一夜没合眼，她又开始数落姑夫，说："我骂她，你怎么不拦着点，一个女子，身上没多少钱，住哪儿，吃啥呢？"絮絮叨叨整整一夜，姑夫了解大姑的脾气，只能干忍着，任凭她的唠叨。

宁婷姐也是可怜人，十九岁和邻村青年青平结婚，一开始，宁婷姐不同意，青平和母亲相依为命，日子过得相当拮据，两间破瓦房抵挡不住风雨的侵袭。冻得宁婷姐常常手生冻疮，这样的日子，宁婷姐以自己喜爱的秦腔打发日子。

婚后三年，宁婷姐小产两次，婆婆却成天指桑骂槐说，表姐是不下蛋的母鸡，青平也常常打各种借口打宁婷姐，她终于忍不住了，便离了婚。离婚那天，青平后悔了，他说，不该听娘的话，宁婷姐只说了句："可怜之人，必有可恨之处。"然后，头也不回地走了。

宁婷姐原先在一个民间戏班子里唱花旦，婚后便不再出门了。我总觉得，她是没有分清戏里戏外两重天，也许是才子佳人的故事在现实面前磕出了血，也许是她的命本身就很苦。

大姑天天念叨女儿，不知道她在外面过得怎么样，说着自责着，也惦念着。说，都怪我，当初不骂她，就是养活她，好歹在我跟前，能看得见，现在不知道跑哪里去了？自责完自己，又开始骂女儿，狼啃的，都不知道回来看看爹娘。说着说着，就撩起衣襟擦眼泪。

宁婷姐打算嫁第二任丈夫时，她才托人给爹娘送来一万块钱和两身衣服，与第一次离婚相隔不到一年，大姑的头发却白了一大半，眼神也不如以前好使了。

大姑用手抚摸着衣服，像摸着女儿的脸，她说："我啥也不想要，我只要她能回家看看爹妈就成了。"媒人将话传到，宁婷姐这头犟驴，终于还是回到了家。其实，她也是日思夜想爹娘。只是，碍于当初离家时，话说得狠了，顾着面子。才不得不跟随着戏班子到处跑。

宁婷姐又一次风风光光地出嫁了。

第二任丈夫是戏班里的小生，宁婷姐结婚第二年，便生下了一个女儿，长得伶俐又可爱。谁料想，婚后第三年，这个白面小生却和隔壁一枝出墙的"红杏"纠缠在了一起。宁婷姐第二次婚姻的大门也关闭了。

她领着两岁的女儿，又一次登上了娘家的大门，大姑依旧嘴不饶人，她开始唠叨着："老大不小的人了，动不动就离婚，还带个孩子，离两次婚，谁还敢娶你。你能不能安生些，让我过几天安稳的日子啊！"大姑刀子嘴豆腐心，嘴里数落着，手里却没闲着，边说边为外孙女喂饭。

宁婷姐本来心情不好，被娘这么一说，她说："你别说了，你以为我想离婚啊，如果不是那个狐狸精……"

她的话还没说完，大姑却说："都怪你自己没本事，看不住男人，怪谁呢。再说，这个不是我包办的，是你自己找的，我说戏子靠不住，你非得说这个白面小生好，我是你，我就一头拉撞在棉花包子上碰死了，找个辣椒树挂上面算了。"大姑还在絮叨着，宁婷姐早已拦了一辆经过的出租车，走了。等到大姑回过神来时，哪里还有女儿的影子呢？

宁婷姐这一走，就是三年，可是，这三年里，她从不同的地方，给娘汇钱和衣物，大姑每次抱着衣服就哭，哭够了，抱着外孙女，骂一句狼崽的，你啥时回来啊？等到娘咽气不知道能不能见到你啊！

其时，大姑的头发已宛若白雪般覆盖着。

显摆

二姑夫是个粗人，我不喜欢和他说话，这一点，他可能也清楚，所以，最近，他的电话少多了。

他以前每打一个电话，总是絮絮叨叨近半个小时，一件事儿一句甚至两三个字能表达清楚的，让他在嘴里一叨咕，就成了长篇小说，没完没了地让人讨厌。

所以，每次他打电话来，我就假装开会或者借故不接电话。要么，三言两语问完事情的主题，便以忙为借口匆匆了事，可能语气不怎么和缓，但他却从不在意。

二姑夫在农村算得上"成功人士"吧，至少在他们那一带算得上，可是，他没读过多少书，但脑袋瓜子却很聪明。

他从小跟着父亲学开拖拉机，后来，父亲老了，他在十五岁左右就接手了父亲的拖拉机事业，在农村广袤的土地上，拖拉机是离不开的工具，无论耕、耙、犁、播都离不开。

他能吃苦，先前开着小型手扶拖拉机，从煤矿拉煤，每天天不亮就起床，春夏秋冬从不停歇，后来，他看中了大型的拖拉机，便把手扶拖拉机，换成了大型的拖拉机，这样，当农村土地耕作观念和结构的改变，他又添置了旋耕机、播种机、总之，一条龙服务全套跟上了。

当然，方圆几百里，他的名气还挺大，拖拉机生意越来越大，二姑嫁过去没几年，他们便从老屋里搬了出来。在他们村口盖了一幢二层楼房，那时候，我还租住在一间不到二十平方米的小屋里。在那个年代，盖个二层楼不知道红了多少人的眼睛呢？

不过，我从心底里还是觉得他像个土财主，主要觉得他的观念不行，一个字"土"。

周六早晨，我们还在睡觉，二姑夫给我老公打来了电话说："我买车了，今天晚上在川湘人家待客"，他俩的通话时间达三十多分钟。

我就问老公："他买车干啥呀，一个农民，成天在地里穿梭着，买个小车做啥呢？"

老公回我一句："人家有钱，买个车怎么了呢？咱家没有多余的钱，如果有，我也买。"

我气呼呼地翻了个身说："别吵了，继续睡觉。"

可是，我又翻来覆去地睡不着，我一个人自言自语着："他怎么可以这样显摆呢，买辆车做啥呢？"

我就像祥林嫂一样，开始了诉说。我给大姑打了一个电话，电话里，我就二姑夫买车的事儿，议论了一番，然后，我说，他怎么能这样显摆呢？我说，他没给我说，到时候他的宴席我不去。买辆车嘛，竟然还大摆宴席，也真是爱显摆。

同样的电话，我又打给三姑。

不过，话又说回来，晚上的宴席我还是去了，我属于刀子嘴豆腐心的那类人。大姑见到我，揶揄我说："你不是说你不来吗？"

我说："看在我二姑的面子，我还是来了，我不能让我二姑难堪啊！"

吃完饭，二姑夫说："我送送你们。"我拍拍自己的自行车说："我这个环保！"然后，一溜烟扬长而去。

钻心

　　爸爸去世的那天中午，流火的太阳像要把大地烤化了一样。两岁的我，傻乎乎地望着家里出出进进帮忙的邻居和亲戚们，我不敢看她们的眼睛，也不敢听妈妈的哭声，只低头看着地上一群觅食的蚂蚁流泪。

　　爸爸昨天上夜班走之前，把我高高地抱起来，用他的胡茬扎了扎我的脸，他说："儿子，爸爸明天给你和姐姐各买一双新凉鞋。"谁承想爸爸被装在冰棺里抬了回来，他被电打死了。

　　妈妈哭晕过去好几次，医生给妈妈把吊瓶都扎起来了。

　　我特别害怕，蜷缩在墙角不敢出来，家里那只大白公鸡不知今天是怎么了，它刚开始是啄那群蚂蚁，谁知，它尖尖的喙怎么就朝着我的开裆裤瞄准了过来，一阵钻心的疼痛袭遍了全身，我双手捂着小鸡鸡大声号哭了起来，那只鸡不依不饶地拍打着翅膀围着我转圈，外婆听见了我的哭声，飞奔着找了一根棍子将公鸡赶走后，赶紧将我抱起来，哽咽着说："这么小的娃娃，没了爸爸，你们娘仨以后的日子可咋办呀？"

　　也许是大家哭累了，刚刚平息了下来，又被我的哭声惹哭了一大片，女人们低头嘤嘤呜呜地哭着，家里的气氛又陷入了悲伤。

　　人们在痛哭的时候，也没有忘记处理爸爸的后事，派几个年轻男子去城里边采买纸火和棺材，还有菜呀肉呀之类的。女人们边哭边缝我和姐姐白孝衫，我的短裤外边套了一个白长孝衫，再也不怕公鸡啄我的小鸡鸡了。

第二天下午卷殓时，爸爸被人从冰棺里抬到了黑色的木棺材里，随后那只白公鸡便被绑住了双爪和翅膀，在角落里挣扎着，一看见它，又一阵钻心的疼痛袭来，我不由得打了一个激灵。爸爸下葬前，那只鸡从棺材上被扔过去，后来，据说它被解开了双爪放生了。

爸爸三周年过完之后，一个说媒的爷爷，领着一个矮个子叔叔上门来，叔叔背后跟着一个叫安安的小女孩，她和我是同一年生的，比我小几个月，她就这样成了我妹妹。

她从叔叔身后探出半边身子，睁着一双大眼睛，怯生生地望着我们。

后来，矮个子叔叔就入赘到我家，成了我和姐姐的养父。妈妈让我把矮个子叔叔叫爸，我嘴张了张，始终没有叫出来一个字。叔叔让小女孩把我妈叫妈，结果，她脆生生地当着大家的面喊了一声"妈"，妈妈稍愣了一瞬，便答应了。

叔叔人也很实在，他只会种庄稼，也没有啥手艺，但我明白，妈妈再也不会那么辛苦地一个人在地里忙活了。

慢慢地我们便从心底接受了他，不知不觉把他叫起了爸爸。

与此同时，我们也发现了一个问题，安安的出现，分走了妈妈对我俩的爱，妈妈对安安比对我和姐姐好。

没有了爸爸的工资接济，家里的日子要靠妈妈精打细算才能勉强过得去，家里散养的那十几只鸡，每天下的蛋妈妈都会攒起来，会有上门收土鸡蛋的收走，换来的钱用来贴补家用。

有一次我无意间发现，安安的碗底卧着一个鸡蛋。我悄悄地给姐姐把这事说了，姐姐说她也发现了，她想不通，难道一个外来的孩子比咱俩还亲。

安安年纪小，但她比我和姐姐都会来事，只要爸爸在的时候，她不停地叫姐姐哥哥，比叫自己的爸爸还亲切。

　　"姐，妈妈买的头花，你戴着吧？我这个还新着呢。姐，咱俩一会儿去找静静玩吧！"

　　"哥，你的小木猴打得真好，什么时候也教教我。哥，咱家隔壁那家哥哥没你高。"

　　"妈，你看，老师今天表扬我了，还给我奖励了一个赞。妈，你今天好漂亮！妈，咱们今天中午吃面皮吗？"她一口一个妈，把妈妈叫得心花怒放。

　　姐姐在一旁咬牙切齿地小声说："这个马屁精，还真是会滴眼药水哟！"

　　养父去了西安，在建筑工地上当小工，已经是三年时间了，他打工还没有回来。层顶上的积雪久久化不开，正午的阳光照在雪上，亮晃晃地耀人眼，雪化了，瞬间结成了长长的冰锥挂在屋檐，妈妈今天不在家，我拿了一根棍子，给我和安安一人敲了一根冰锥当冰棍吃。

　　安安问我："你妈和你姐今天几点回来？"

　　她这么一问，我还真有点接不上话了，我舔了一口透明的冰锥，嘴里吸吮着，享受着这快乐的冰冷。

　　安安只轻轻地舔了一口说："有那么好吃吗？"她将冰锥扔出了老远，透明的冰锥立即碎成了几截。

　　我冷眼望了一眼安安，她的眼神陌生而冷漠。她没理我，专心地在院子里堆她的雪人。

　　老远的，我还没有看见妈妈和姐姐，安安竟然拿起一把小铁锹开始铲雪。妈妈的自行车还没停稳，安安便飞奔过去，惊得一旁啄食的鸡都吓得扑着翅膀咕咕乱叫，她亲切地拉住妈妈的手问："妈妈，姐姐，冷不冷？今天我和哥哥玩得可开心了。"

又一阵疼痛袭遍全身，手里的冰锥冷得似乎有点烫手，等我发现时，冰锥早已碎成了几截。

转眼二十多年过去了，在安安出嫁前的晚上，我用一个月工资给安安买了一部新手机，打算送给她。刚走到安安门口，我听见安安和养父争执着："这个彩礼交给我自己保管，如果哥将来不给你养老了，还有个保障。"

又一阵钻心的疼痛感袭来，像极了多年前的那个正午。

化骨

妙可以上完瑜伽晚课，学员们刚走完，她就迫不及待打开了快递盒，取出了里面的羊绒双面呢大衣，这件韩版的杏色衣服，打破了传统的大衣设计，两个衣兜盖仅做了装饰，位于衣服前襟的上方，左边侧面有一条长的拉链，整个衣服下面稍宽松，配上他高挑的身材，显得随意灵动，这件大衣是余苇子送给她的。

这些年做瑜伽教练，让她的身材保持的特别好，蜜桃般的臀部，修长的大腿直溜溜的，马甲线恰到好处地贴着肚皮，每次要做到一些高难度动作时，比如双手扣在背后，或者英雄式的时候，她总感觉到自己的胳膊比一般人的要长很多。

妙可以试完大衣，又将大衣挂回到了衣柜里，眼睛随意的那么一瞥，她浑身打了一个激灵，那些挂在衣柜里的中式旗袍，唐装，马面裙，有多久没有上身穿了，黑色白色灰色雾蓝色水绿色，总之，开唐装店的朋友余苇子总说她是个衣服架子，什么样的衣服，到她的身上，立马就有了特别的韵味，也显现出高贵的气质。

余苇子这么说，还有一部分原因是，妙可以经常光顾她这家店，俩人认识十年了。每次试穿上一件旗袍，哪怕是改良后的旗袍，她都能穿出婉约和优雅，妙可以这样心甘情愿地为自己的优雅买了单。的确没有哪个女人不愿意自己被夸，而且是那种不显山不露水的夸赞。只不过，妙可以把这些旗袍买来，有的几乎没有穿出去过一次，她也只是享受了试衣过程中余苇子的那种化骨柔肠般的蜜语。就是觉得舒服，就是晕晕乎乎的扫码付款，自己怎么能否定自己的高贵呢？

妙可以躺在床上望着满柜子的衣服，陷入了深深的沉思，她一直在想，余苇子的举手投足，客气地让人产生遥远距离的错觉，余苇子眉宇间总有一种淡淡的忧郁，像一潭深不可测的池水，总是很能吸引人，让人不由自主地去靠近她。与其他朋友不同的感觉，是什么呢？她总是说不上来。

前段时间，余苇子莫名其妙地失踪了，妙可以打她电话，已停机，微信不回。

妙可以惊讶地发现，十年的朋友，她俩竟然只靠一部手机联络着感情，她住哪里，工作之外干什么，她都不知道。想着想着，妙可以竟然失眠了，这在她自己的睡眠历史上是没有过的。

妙可以就像在课堂上引导学员们做瑜伽休息术一样，嘴里说着，现在请大家躺在垫子上，盖上毯子，她顺势拉过被子，躺正躺成一条直线，微微将双脚分开，脚趾脚背放松，脚踝放松，小腿胫骨放松，膝盖放松，腰放松，头部放松。结果，又失败了。

没办法，还是睡不着，她起床上了个卫生间，又打开手机翻看各种铺天盖地的短视频。网络上关于小学生课本的插图事件几乎刷屏了，她悄悄地起床，在女儿的书包里翻找，一看吓了她一跳，原来真的是这样啊，那些图片太不可思议了，书中插图的人物几乎都不符合中国人的审美。她有点后悔自己的粗心，经常给女儿辅导作业，怎么就没有发现这些插图的异样之处呢。

但是，说白了，她一个小学生家长，发现了又能怎么样呢？以她的性格，不可能去拿鸡蛋碰石头。好在网上就有这种特别有良心的家长，她们冒着被打击报复的风险，也要把真相公布于众，是为了让更多的中国孩子少受些毒教材的荼毒和伤害。

妙可以就开始翻找女儿的各类课本，包括课外读物。突然间一本黄色封面的课外书，引起了她的注意，打开一看，里面的内容更是让她吃了一惊，这难道是一个七岁小孩子阅读的东西？

时间已经到了凌晨六点钟，她迫不及待地叫醒了女儿，问她："这本书是哪里来的？"

女儿揉了揉惺忪的眼睛对她说："那是余苇子阿姨送给学校的，每个小朋友都有。"

"什么时候的事情？"妙可以吃了一惊。

女儿还在兴致勃勃地给她说："余苇子阿姨穿着旗袍和高跟鞋，可漂亮了，她还给我们演讲了，同学们都可喜欢她了。噢，妈妈，去年阿姨来我们学校演讲了好几次呢。"

妙可以听到这里，她隐隐约约觉得哪里不对劲了，送完孩子，她急忙去找余苇子，店门开着，余苇子背对着门外在和谁打电话，叽里咕噜的，好像还是外语，妙可以没有打扰她，她打开了手机，悄悄地录了一段音，她知道，自己这一点有点卑鄙，至少不那么光明正大。只录了一小段，她悄悄地离开了这里，她怕余苇子发现她。

妙可以不懂这是哪国语言，她找到了在大学搞翻译的同学，同学严肃地问她："你这段录音是从哪里来的？"

妙可以实话实说，同学立马打电话报了警，她说："这是毒教材的大鱼。"

妙可以紧张地说不出一句话。她远远地听见，余苇子在上警车时，飙了一句日语。

第二辑

心灵驿站

半瓶牛奶

　　刚搬到这栋高层楼上之后，我几乎和邻居们都不认识。一是大家刚搬来不久，彼此之间都很陌生，另外，我属于那种生人面前一声不吭，熟人面前话痨的双面人格。

　　儿子上初中了，正是长身体的阶段，我就在小区送奶工跟前订了鲜牛奶，每天晚上七点半之后，送奶工就将一整瓶奶准时送到我家门口，晚上儿子下晚自习之后，我给他煮熟喝。因为新鲜牛奶味道醇正，奶香味儿十足，儿子特别爱喝，我家已经坚持订了两个多月鲜牛奶。

　　有一天晚上，我八点半下了瑜伽课，进门时顺手将放在门口的奶瓶拿起来，准备拿回家，因为是玻璃瓶子，我从外面就能看见，瓶子里面的牛奶只剩下一半了。

　　怎么会剩一半牛奶呢？我特别奇怪。按常理来说，这一半牛奶还能继续喝，但我却不敢给儿子喝了，因为有人动过，我生怕谁在里面做过什么手脚，这样，就特别危险了。

　　因为我每天下班后，要急着去瑜伽馆上课，没有碰到送奶工。可是，第二天晚上，这样的事情继续上演了，那瓶奶依旧只剩下了一半。

　　我急了，就给送奶工打了电话，他在电话里说："不会的，我一直都是整瓶装满的，不可能只有一半。"

　　第三天晚上，刚好瑜伽馆休息，我就把家里的360度无死角监控放在家门口的配电箱盒子上。

晚上七点五十分左右，一个老婆婆佝偻着腰，走路都有点不利索，她四下里观察了一下，就用一个罐头瓶子，将奶瓶里的奶倒出来一半，然后将剩下的一半盖好盖子放了回去。

我仔细回想了一下，这个老婆婆正是十一楼的邻居啊？他们能住到这栋楼上，怎么就舍不得自己掏几块钱买一斤牛奶呢？还要偷着倒我家的呢？

越想越生气，我把那半瓶奶拿回家也倒了，虽然我在监控里看见她，并没有往里面添加什么东西，但我心里却很不是滋味。

晚上，我先生加班回来了，我就把事情给他讲了。他说："从明天起，多订一份奶，让送奶工送到老婆婆的家门口，这样，她就不会倒咱儿子的牛奶了。"

"你为什么要这么做？"我失声问。

他说："我给讲个故事吧。"

"洗耳恭听！"我依旧用这样的语气表达自己的不满。

先生没有在意我的语气，他说，那年，上初三的时候，家里特别穷，他们都是住在学校的大通铺里，十五个学生一个宿舍，床板连在了一起，当然了，铺盖也是连在一起的。父亲外出打工时，扭伤了腰，好几个月下不了床，就连地里的农活都是母亲带着两个姐姐干的。我的每一分钱都要精打细算的。越是没有钱，越是有用钱的地方。学校收卷子费和辅导资料费，但不买又不行。费用总共一百块钱，可是，我手里仅仅只有五十块钱，咋办呢？穷学生总是自卑的，自卑造成了沉默不语，心事从来不对别人讲，家境稍微好一点的同学，性格都张扬一点，我的一个同学，他从家里带了二百块钱给他的同桌讲的时候，被我听见了，我们俩隔着五个床，我就开始注意他的一举一动，那时候的学生好像很傻，竟然把钱放在枕头里。那天，我趁着上体育课休息的时候，我偷了他的一百块钱，但我又觉得不忍心，又把我的五十块钱塞到了他的枕头里边。

后来，我用那一百块钱交了卷子费，但我心里一直是充满着歉意的。同学回来发现自己的一百变成五十的时候，他就报告给了班主任，班主任查问了，也没查出来，那时候也没有监控，根本没法查。这件事就这样不了了之了。但我总是不敢正面看那个同学的眼睛，也不敢直视班主任的眼睛。也许是因为我一直就是这样的性格吧，大家都没有在意。

后来，我一直关注着这个同学的去向，他去了新疆打工了。大学毕业我挣钱之后，我给他父母匿名寄去了五千块钱，以弥补当年的亏欠。再后来，我经常给那些贫困地区的孩子捐款捐学习用品。

先生说："这件事情压在心底里三十多年了，一直没有倾诉的对象，没想到，这半瓶牛奶，让我心里畅快了很多。"

听完他的故事，我说："我现在就给送奶工打电话，订两份奶。另外，我明天下午下班后就去老婆婆家里看一下情况。"

原来，他们家之所以能住到这幢楼上，是因为他们原是这一片的拆迁户，兑换的房子。儿子外出打工时，找了一个贵州的媳妇，没有领结婚证，媳妇生下孩子三个多月，突然有一天留下小婴儿不辞而别了，儿子外出找媳妇，几个月过去了，也不见踪影，钱也不见寄来。老婆婆一个人要哄孙子，趁孙子睡着了，到楼下的垃圾箱里翻找点纸壳子和瓶子，给孙子换奶粉钱。有时候，背着孙子种家里的半亩自留地。

我说，您孙子的牛奶以后我们家包了。

后来，我总会在我们家门口收到老婆婆悄悄放下的黄瓜西红柿等新鲜蔬菜。

一
盏
明
灯

朋友乔和我同一个小区住着，有一次，我和其他几个朋友搭他的顺车，一进入地下车库，他表现得极其恐惧。我们都笑他："你对黑暗如此害怕，莫不是有什么心理阴影吧？"

车开出地下车库之后，秋日午后的阳光，明亮得似乎要照亮他的心思。乔说："你们几个猜得没错，我对黑暗是有童年阴影的。"

于是乔就从他的童年讲起，他说，1977 年，那时候他才三岁，有一天半夜，他突然被一泡尿憋醒，本能的他，叫了一声"妈。"听不见妈妈的声音，他又叫了一声"爸"。结果也听不见爸爸的声音，他用手一摸，旁边的爸爸妈妈怎么不见了，只留下空荡荡的炕头，四周一团漆黑，他抬头一看，白天里清楚可见的东西，似乎都长出了獠牙和触角，本能的恐惧弥漫开来，他连衣服都顾不上穿，就跳下炕头，摸黑找到家里的门，准备拉开门逃出去。他没想到，门竟然被反锁了。

这一下，他比之前更害怕了，小孩子嘛，最擅长干的一件事就是哭，他就放声大哭，哭得撕心裂肺，声音大得几乎左邻右舍都能听得见。

他就一直哭一直哭，突然他听见有脚步声由远而近传来。那时候的门是那种老式木门，顶上是用长钥吊互相交叉着扣在一起，再挂一把大锁，两扇门之间的闭合也不是那么严实，我从门缝里看出去，借着外面微弱的光，我看到一个人手里提着一站马灯，由远而近，一步步靠近我家门。

他一点点走近，我看清楚了，是邻居家住着的知识青年眼镜叔叔，他经常戴着眼镜，文文静静的，我们平时都叫他眼镜叔叔，他大声对我说："乔，别哭了，你爸爸哪里去了？"

一听到他问爸爸，我的哭声更大了，我边哭边说："眼镜叔叔，爸爸不要我了。"

我们那时候，最常见的大人跟小孩开玩笑说，你不听话，我就不要你了，就把你送人了。要么就说，你本来是一个外地来讨饭人的孩子，那人养活不了，我们给了他半袋玉米面，把你换来的。大人只当是玩笑，经常在我跟前说笑，可我却当真了。我一直在心里想，我到底是谁家的孩子，我的亲生父母是谁呀？这个养父母可千万不能不要我啊。

我觉得爸爸妈妈这次不要我了，他们竟然趁着我睡着的黑夜，竟然把我丢下不要了。

眼镜叔叔左手提马灯，右手把眼镜往鼻梁上推了推，他说："乔，你爸爸就你一个宝贝疙瘩，怎么会不要你呢。估计是有什么急事，他走的时候，见你睡着，没敢吵醒你，让你睡个好觉。"

眼镜叔叔的一番话，让我终于平静了下来，我不再哭了。

他就想方设法地逗我开心，他给我讲，他说他是西安来的知青，本来，他们都好好地在上学，但国家号召知识青年到农村去，他就报名来到我们这个偏僻的小县城。刚来，连镰刀都不会握，但要学会给猪和牛割草，结果，第一天割草，就割到了手指头，他一看见自己鲜红的血，就慌了神，他扔掉镰刀，打算往村里的赤脚医生那里跑，我爸爸就拽住他，把他拉回来说："来，我给你止血。"

只见你爸爸从地里揪了一棵草，那个草叶子边缘有刺，扎手上很疼的，你爸爸把草放心里揉了揉，也顾不得草扎手，直到揉出绿色的汁水，他将那团草压在我的伤口，没一会儿，那个血竟然止住了。好神奇啊。于是，我就追着你爸问，那个草叫什么名字？怎么有这么神奇的功效。

你爸爸笑着说："这叫神仙草。"

后来，你爸爸拗不过我，他告诉我，这种草当地人叫刺蓟草，本身具有清热解毒，凉血止血，消肿散结的功效。

他还讲了他的一个同学，以前在城市里，连水桶也没挑过，刚一到这里来，就让他去挑大粪，结果可想而知，第一天，粪水溅得满身都是，大家都嫌他臭。

他的故事好多，就那样，一个故事连着一个故事讲，惹得我隔着门咯咯地笑。他手里的那盏灯，灯油一点一点少了。

天也麻麻亮了，爸爸和妈妈披着一身露水回来了，原来是去看护玉米和高粱了，快收获了，村里组织了庄稼护卫队，一是怕人偷吃了，另外怕野猪、獾等糟蹋了。

后来，我在工作生活中遇到各种困难，特别是低谷时，我就想起眼镜叔叔的那盏明灯。只不过，我却对黑暗有了心理阴影，童年的阴影得用一生去治愈了。

魔鬼城的眼睛

贝卡明明知道，她的死对头来武那张照片是她的，可眼下她无论如何却找不到那张最原始的电子版，她知道自己的电脑被人动过手脚，可她没法提供有力的证据，来武凭着这张照片的创意，成功上位为公司的创意总监。

贝卡感觉自己今年像打翻了魔鬼的盒子，一件又一件不顺心的事情接踵而来。最先是母亲心梗，好在抢救及时，做了个心脏支架才出院，她在公司受的委屈从来都不对母亲说，一是母亲不懂，二来母亲现在需要静养。男朋友劈腿了，这半月以来，她的胃时不时地痉挛，疼痛时，她想死的心都有了。药大把大把地吃，总不见好，一连串检查下来，好像就一个浅表性胃炎，她总怀疑自己得了胃癌。

贝卡知道，她不适合在公司待下去了，她勇敢地辞了工作，安顿好母亲，背着相机，去了新疆。

新疆一直在贝卡的旅行计划中，每次出行都被公司的事情打乱，说句实话，如果不是待遇还不错，贝卡在年初就想辞了这份工作。

新经理是个纨绔子弟，如果不是老父亲突然中风，他估计也不愿意接手公司，只愿意成天混日子玩耍。他管公司这一年半以来，公司的业绩直线下降，好多老客户都纷纷转投其他了。

贝卡感恩老经理，他想当上创意总监，替老经理把多年的心血巩固下来，然后，事与愿违，她也就释然了。

贝卡来到乌尔禾魔鬼城时，她给好友苏默儿打了个电话，她是站在魔鬼城的山顶上，随口吟诵了一句："风萧萧兮易水寒，壮士一去不复返。"苏默儿在电话那头说："我怎么感觉你有一种赴死的悲壮感呢。如果不是我在坐月子，我就飞过来陪你了，你一个人不要在魔鬼城待太久，据说，那个地方不适合独自前往。"

其实苏默儿的感觉是对的，因为，贝卡总感觉自己将不久于人世。

阳光很刺眼，魔鬼城像摊开的一大幅油画，典型的雅丹地貌聚集地，裸露的岩层被风雕刻成各种形态，有的如张开大嘴的怪兽，有的如同人的侧脸，甚至可以看到人的眼睛。大片褐黄色的土雕塑，形态各异，竟然都是风的杰作，风在这里遇到了漩涡，发出了鬼哭狼嚎的声音，天气太热了，她感觉里面有 50 度左右，贝卡不断地摁着快门。突然，她感觉一阵眩晕，整个人就倒在了魔鬼城的山谷里。

贝卡醒来时，只见自己睡在一辆吉普车里，有一个戴尕巴的男子，手持一把英吉沙小刀，在削哈密瓜的皮。

贝卡本能地惊慌，她欠起半边身子想起来，却感觉浑身无力，她索性躺在后座上问："你是谁？"

男子用蹩脚的普通话对她说："我叫哈热买提。你晕倒了，是我救的你。来，吃口哈密瓜，我们新疆的瓜很甜。"

贝卡感觉和一个男子在车里独处有点奇怪，她说："谢谢你啊！"说完，她打算离开。她这才发现，周围几乎没有一个人，她拿起手机看了一眼，呀，怎么已经晚上十一点了。

贝卡问："这是哪里？"

哈热买提说："魔鬼城。"

晚上的魔鬼城，比夜晚更多了几分神秘。贝卡听着鬼哭狼嚎的风声，她不由自主地卷紧了衣服。

哈热买提给贝卡讲了魔鬼城是一个充满神秘色彩的地方，传说这里曾经是古代战场，战死的士兵化为鬼魅守护着这片土地。每当夜幕降临，鬼魅便会出现与过往的行人捉迷藏。

而在这座神秘的魔鬼城中还隐藏着一个更加诡异的传说，一颗神秘的宝石。据说这颗宝石拥有神秘的力量，能够让持有者实现一个愿望。但要找到这颗宝石需要解开一系列复杂的谜题，稍有不慎便会陷入无尽的诅咒之中。

哈热买提问贝卡："你是来寻宝石的吗？"

贝卡沉默了片刻，她说："我是来寻末路的。"

哈热买提笑着说："你胃不好。"

贝卡疑惑地问："你怎么知道的。"

哈热买提说："我刚给你把脉了，另外，见你一直揾着胃，我还给你在手上扎穴位了。"

"你是医生。"

"确切地说是维医。我们家世代行医，像你这种病，我们可以采取日光浴，热敷，埋热沙，针灸，都可以治疗，没有你说得那么害怕。"

贝卡说："我听到的故事和你的不一样，说这里原来是一座雄伟的城堡，城堡里的男人英俊健壮，城堡里的女人美丽而善良，城堡里的人们勤于劳作，过着丰衣足食的无忧生活。随着财富的聚积，邪恶逐渐占据了人们的心灵。他们开始变得沉湎于玩乐与酒色，为了争夺财富，城里到处充斥着尔虞我诈与流血打斗，每个人的面孔都变得狰狞恐怖。天神为了唤起人们的良知，化作一个衣衫褴褛的乞丐来到城堡。天神告诉人们，是邪恶使他从一个富人变成乞丐，然而乞丐的话并没有奏效，反而遭到了城堡里人们的辱骂和嘲讽。天神一怒之下把这里变成了废墟，城堡里所有的人都被压在废墟之下。每到夜晚，亡魂便在城堡内哀鸣，希望天神能听到他们忏悔的声音。"

哈热买提沉默良久，他说："你的病有救了。"他把贝卡带回了自己家的诊室，他父亲给贝卡治疗了一段时间后，她感觉整个人都精神了。

哈热买提说："遇到你之前，我和父亲闹翻了，我喜欢迪里塔尔，是我们维族的一种乐器，我不想待在小地方，一辈子给人看病。那次在魔鬼城遇到你之后，你两眼紧闭，我给你掐人中，你看上去是醒了，但好像又第二次晕过去了，刚好我车上有银针，我从小在维医世家长大，那种最基础的我都会，后来，上了五年医学院，那是被我父亲逼着去的。毕业后，我想去乌鲁木齐，去唱歌去跳舞，父亲不同意，他让我回到当地，让我当医生，然后，我俩就闹翻了，我想散散心，没想到，又一次干了老本行。不过也好，也许是命中注定让我救你的。"

贝卡微微笑着说："怎么感觉你有点不情愿救我呢？"

哈热买提说："当时和父亲争吵时，我放了狠话，我说，打死我都不当医生，我父亲说我会后悔的，我说谁后悔是狗。当时，见你倒在魔鬼城的人脸面前，我的车开过去了，一个念头闪过，我又倒回来，我总觉得背后有一双眼睛在看着我。所以，我安慰自己说，当一回狗也无妨。"

贝卡回家前，和哈热买提告别，他已经在当地医院上班了，他给贝卡送了一把迪里塔尔。他说："不开心时，你就弹它，这是一味良药。"

贝卡说："当个好医生，魔鬼城里有一双眼睛在看着你。"

哈热买提哈哈大笑说："会不会是你的眼睛呢。"

那一刹那

　　事情发生在二十年前，我刚开始写作，总是到外面寻找素材。检察院的一个朋友便邀请我一同前往，下乡去查看监外执行人员的情况。我对这一邻域很陌生，所以，看起来也很白痴，我就絮絮叨叨地询问，哪些犯罪人员都符合监外执行这个政策。

　　她一路上给我讲了其大体的范围。说话间车就停在了乡村的一家房屋前，没有大门，门是敞开着的，像上了年纪的人，缺了门牙的感觉。

　　我们进院子时，有一个老妇人出来迎我们，她六十多岁的样子，身材矮小，穿着一件灰黑色的上衣，脚上的鞋靸着，走起路来吧嗒吧嗒直响，看着不太利落的样子，见到我们，她不住地用衣袖抹眼泪。

　　我朋友亮出了自己的工作证，然后询问："你儿子呢？"

　　老妇人说："在上房炕上睡着呢。"

　　我们便进屋，因为此次工作的任务便是寻访监外执行人员，保证他们不离开陇县，当然不可能进行什么违法犯罪的事情。

　　屋内的光线昏暗，从窗户内偷溜进来的一缕阳光，形成了一条光束，能看到光束中数以万计的灰尘在飘飞着。借着这一点光，我们看到炕角蜷缩着一个人，她母亲说："喜子，公安局的同志来看你了。"

我朋友急忙解释："检察院。"

那个叫喜子的人，才迷糊着坐了起来，他第一个反应是双手抱着头。随后又不自觉地放下，他脸色蜡黄，人几乎瘦成了皮包骨，我朋友问："怎么没去医院？"

喜子的母亲抢着回答："才从医院出院两天。"她带着哭腔。

朋友也只是例行公事地表示同情，并给喜子母亲嘱咐道："找个老中医看看，兴许还能有办法。"

喜子她妈不住地答应着，我一眼瞅见了院子一角的熬药的砂锅和堆在院墙角的一堆中药渣子。

朋友有点不忍心了，她从兜里掏出了五十块钱给喜子的母亲，那老妇人虽然推辞着，但最终还是接住了。她除了感谢，还是不住地哭。她告诉我们："医生说，已经肝癌晚期了，最多三个月。"

告别喜子的母亲，我不解地问朋友："都说办案人员要铁石心肠，你这有没有违反规定？"

她笑着说："在案子执行过程中，要铁面无私，但是，今天这种情况，你也看到了，不过，我掏的是我的工资。"

"这个喜子犯了什么罪？"我的好奇心让我不得不问。

朋友给我讲了他的事情。

她说，前年，县招待所招了一批服务员，个个身材高挑，十八到二十岁的年纪，工作服一穿，走在街道上，真是一道亮丽的风景。特别是一个叫芦花的姑娘，人长得水灵不说，那双丹凤眼，让看过一眼的人都过目不忘。

姑娘太漂亮了，就被坏人盯上了。有个犯罪团伙自称为"十三太保"，在县里边经常干一些偷鸡摸狗的事情。

有一天晚上，月亮高挂在树梢，南街村放电影，几个服务员结伴去看电影，在电影看完回家时，她们发现少了芦花，她和大家走散了。大家便急忙在大街小巷寻找。

此时的芦花，被十三台保已经劫持到了街道外边的玉米地里，正是九月初，玉米秆已经很高了。

喜子他们将芦花劫持过去，对于这个团伙，有一个不成文的规定，不论劫到什么好东西，先让大哥享用。大家把芦花扔到了大哥喜子面前，都像狼一样盯着芦花。

喜子吼一声："还站着干什么，还不快滚。"

大家都默默地离开了，有人还不住地咽口水。

喜子将芦花嘴里的手绢抽出来，扔到了地上，他很粗暴地撕开了芦花的衣服。芦花知道在劫难逃了，她盯着眼前这个男人。随后便绝望地闭上了眼睛，两滴清泪从眼角淌了出来。

喜子撕开衣服的刹那，他惊呆了。月光正好洒在这具美丽的胴体上，这个女人的肌肤像白瓷一样，散发着光。喜子的目光被粘上了，他屏住呼吸，就那样盯着这个女人的身体，他几乎都忘记了他劫持芦花来的目的。

随即他将衣服给芦花穿好，一粒一粒将扣子给她扣好，帮她拍了拍了身上的土，撕掉身上粘的玉米叶碎渣儿，温柔地如同对待自己妹妹。他说了句："你走吧！"

后来，这个团伙被警方全部抓获，其中有一个人交代，有一天劫持芦花的事情。

警察就问事情的起末，喜子说："他没有动芦花。"

最后警察把芦花作为受害人叫过去询问："芦花说，我也不知道为什么？他将我放走了，我也没什么大的损失，你们可以从轻发落他。"

看来情况属实，警察都觉得不可思议，问喜子为什么？他说："不忍心破坏这么美的人。"

我朋友感慨地说："大凡内心追求善良和美的人，他再坏也坏不到哪里去。"

当然，警察办案时，数罪并罚的，喜子判了五年，可他入狱的第二年，就得了肝病，后来，就申请监外执行了。

据说，后来，芦花还提着礼物去医院看了喜子。

故事到这儿就讲完了，我和朋友都陷入了沉默。

位 置

　　好幸运啊！这趟列车是始发站，车厢里面几乎空着，我将自己的行李箱放到头顶的行李架上，随后便靠窗坐了下来，翻开书，这是我一向出差的习惯，也许，我并不一定能读进去多少东西，但我觉得自己至少没有浪费时间。

　　在高铁运行速度这么快的今天，我特意选择这趟绿皮火车的原因是，这个不用倒车，是直达的。我为自己留足了培训报道的时间，所以，我不嫌这种老式列车的速度像蜗牛一样。列车一直缓缓地前行着，我拿的是一本很轻松的小说，所以，读起来也很投入，我都没有注意到，列车已经进入了新的站点。

　　突然间一下子涌上来好多人，我只是抬头稍微让眼睛休息一下，又打算低头看书，就见一个三十多岁的小伙子，拎着一只青绿色的大箱子朝着我这边的座位走了过来，他几乎挡住了外面的阳光，我不满地抬头看了他一眼，只见他满头是汗，短袖 T 恤后背上已经洇了一大片。他还在寻找自己的座位号，随后，他对我说："你占了我的位置。""你是几号座位？"我故意问得轻描淡写，以此来缓解自己坐了别人座位的尴尬。

　　"我是 41 号，你呢？"他擦一把汗水。

064

"我43号。不好意思啊！"我急忙起身，打算回到自己的座位上，我这才发现，这个男子不是一个人，竟然是四个人。

后面一连跟着一个胖墩墩的女子，胳膊很粗壮，一看就是能干体力活的那种。女子手中还拖拽着两个孩子，一个女孩和一个小男孩，明显的小女孩比男孩子大一些。

我只是坐到了靠近过道的座位上，他们四个人是面对面坐着。等大家都坐定之后，那个男子，随手掀起列车的宝蓝色座套，将脚踩在了我对面的那个空位置上，我蹙了蹙眉头，现如今也沉稳多了，对于别人的事就少管闲事了，他把自己三绿色大箱子打算放到行李架上，我这才注意到，这个箱子，不但沉，关键是表面脏得要命。

因为平日里画画的原因，我对三绿色特别在意，我就在腹诽，你们明知道自己会弄脏箱子，为什么当初选箱子的时候，不去选深一点颜色呢？黑色褐色藏蓝色等都行啊，唯独这个颜色就和他们不相称，选浅色也就罢了，你们竟然还选了个这么别致的颜色。我总感觉大男人，拎着这么一个颜色的箱子，几乎有点变态了。

三绿色在山水画中，是最常用的颜色，但作为一个箱子，的确很特别了。

我再一次朝那个箱子瞥了一眼，那半面几乎像粘了厚厚的一层垢痂，很明显地颜色比干净的地方深一些。

他非常吃力且笨拙地将箱子放上行李架。随后坐了下来，那个女人靠在窗户边，打开一个白色的塑料袋，袋子里面放了很多东西，我匆匆偷瞄了一眼，又赶紧将目光收回。

小男孩有三岁左右，穿着短袖短裤，不住地要吃的，女人稍微慢一点或者拒绝，小男孩便开始哇哇大哭，女人打开袋子，将里面一小包鼓囊囊的薯片打开，撕开一个小口子，用胖乎乎的食指和拇指捏了两片，塞到小男孩嘴里。小女孩只是沉默地望着窗外，也许，这是她第一次跟随父母外出吧？也不知道她在想什么？女人又从薯片袋子里捏了一片打算喂给小女孩，女孩从妈妈手中接过薯片，还没放进嘴里，男孩便不乐意了，他的双脚已经开始在座位上乱蹬了，女孩又将薯片递到了男孩的嘴里，这孩子才消停了。

男人没有说什么，只是拿起一把印有某私立医院广告的塑料扇子扇风，一股浓郁的炸油条的味道直冲鼻孔，我不满地望了那个男子一眼，大概也猜出了这两位的职业了。车厢里很闷热，想着心静自然凉，我又打算低头看书。低头之前，我又不忍心看了一眼头顶的箱子，我一直在想，这么沉，会不会压坏行李架，会不会掉下来，列车微小的一点晃动，我都不由自主地抬头瞄一眼那个三绿色的行李箱。

也许是他把我从窗口挤到了过道这边，让我错失了更好的风景，我的心里一直不痛快，我甚至有些恶毒地想着，这个箱子掉下来，倒霉的会是谁呢？这个人会不会受到铁路警察的拘留，这样想着想着，我随着列车的轻轻晃动便闭上了眼睛睡着了。

突然间，"咣"的一声把我吓醒了，我茫然地望着眼前，不知道发生了什么？

只见那个男子身子斜着，双手抱着我的行李箱，几乎看不见脸，脸和上半身被我的白色行李箱挡着。

列车乘务员见状，将行李箱接住，重新放了回去，我这才发现，那男子的脸上蹭破了一点皮，看着有血渗出。

女人是个急性子，对我说："你睡着了，你的箱子掉下来了，幸亏孩子她爸接住了，不然会砸到你头上的。"

我这才反应过来，急忙问："你的脸好像破了。"

那个男子说："不要紧，打工的人，皮糙肉厚的。"

我从随身的包里掏出一个创可贴递给他说："谢谢你啊！"

女人接过创可贴，撕掉纸，给那男子粘上。

我突然就有了和他们聊天的欲望，他们在西安打工，在一个饭店炸油条，暑期回了一趟老家，发现，父亲的膝关节长了一根骨刺，医生建议动手术，父亲说，快八十岁的人了，自己买点活血化瘀的中成药缓解一下，平时艾灸一下维持着。

母亲身体也不好，照顾不了两个小孩子，他们就打算把孩子带到西安，边打工边带娃。一路听着他们的故事，我知道我也帮不了他们什么忙，我把随身带着一本自己的作品集送给他们表示感谢。

那女子将双手在衣服擦了再擦，双手接过书说："我们俩只读到初中毕业，我不想再让我娃没文化。"

有汗味和油条的味道再次飘了过来，似乎不再那么刺鼻，反倒还有一股子幽香。

哑父

　　我正和一帮同学在场院里玩跳房子，老远的，我看见哑巴父亲向路人比画着来了，他不是先天哑巴，后天哑巴更让人烦，他咿咿呀呀地又说不出来话。

　　我故意先躲了起来，他在同学们跟前打听我的消息，越比画越着急，他一着急，头顶的汗冒了出来，同学们便哈哈大笑，我觉得好丢脸，故意躲在麦草垛后面，就让他去找。有同学见我不出来，随手给他指了一个方向，他急匆匆走了，走的时候差点被脚下的石头绊倒。同学们哄堂大笑，都说这哑巴真是瓜。

　　他们在外面喊，哑巴儿子，出来吧，你爸走了。不知道为何，我的眼泪扑簌簌流了下来。虽然我不是哑巴，我一直以哑巴儿子的身份被村里人瞧不起。我就开始恨，为什么，哑巴你要当我的父亲呢？

　　我没有再去同学们中间，我从麦草垛的另一侧回家了，我刚进家门，哑巴父亲满头大汗地回来了。虽然正值冬季，他见到我在家里，咧嘴笑着，嘴里的牙齿黑黄的让人恶心。他伸手摸我的头，我一低头，躲了过去。

　　哑巴不是一生下来就哑了的，据说是四岁那年，发了高烧，那时候医疗条件差，送到村里的医疗站，打了几支庆大霉素后就哑了，也不是全哑。后来，哑巴长大后，条件好的姑娘根本看不上他，婆和爷就给哑巴订了一门亲，对方有点智障，用村里人的话叫，七八成人，后来这个女人和哑巴结婚后，就生下了我，成了我的妈妈。

我生下来之后，大部分时间由婆管着，婆教会妈妈学会了切菜，擀面，蒸馍。这些简单的饭菜，婆说，只要你妈妈学会了这些，我孙子就不会饿肚子了。这一点，妈妈倒学得很快，她虽然不太会做针线活，但做饭几乎都会。妈妈话不多，做活儿实在，邻居家有个红白喜事，干活儿最老实的就是我妈，也不惹是生非，大家都很喜欢我妈。

每到假期，我最喜欢去大伯家，大伯在县城一个单位上班，伯母在家闲着，就给堂姐堂哥做饭。我去一两天，他们倒还挺亲热的，因为大伯交代了，一定要帮弟弟把我抚养成人。

时间长了伯母和堂哥堂姐就开始嫌弃我了，他们在大伯面前对我很殷勤，饭桌上，伯母给我夹菜，嘱咐我要多吃肉多吃鸡蛋。大伯上班走之后，堂姐说我好笨，吃饭把菜都能洒到胸前，吃相也难看。

后来有一次，大伯去外地出差了，伯母说她放在包里的十块钱不见了，问我见了没有？我说："我没见。"伯母不信，伯母以为我偷了钱，把我衣服兜翻了个底朝天，最终一分钱没找到。我没有告诉伯母，堂哥拿着钱出门时，他警告我，不许告诉任何人。这件事，我从来没对任何人讲过，我明白，以我目前的处境，没有人相信我，还会被大家认为我故意陷害别人呢。从那之后，我再也没有去过大伯家，大伯叫了我好几次，我都以各种理由搪塞了。

我很想逃离这样一个家庭，因为有个哑巴爸爸和一个脑袋不正常的妈妈，我最大的愿望就是离开这个家。

初中还没有毕业，我就跟随村里的人去外地打工了，我的个头长得很高，没有人相信我还未满十八岁，我就在建筑工地上干了两年多，直到我十八岁生日过了，我就应聘去一家生产电子配件的工厂当工人，每天在机器的轰鸣声中，我认识了女朋友米安，我个头高，稍微一打扮，还是挺帅的。

我没敢告诉米安，我有那样的一个家庭，当我俩谈婚论嫁的时候，我才把我家里的情况告诉了米安，但当米安真正见到我的哑父和瓜（傻）母时，她吓得连连后退。米安退却了，她给了我一个理由是，母亲在做饭时，失手打碎了一个碗，她母亲认为不吉利，就不同意，我没有怪她，我知道，像我这样的家庭，必须有心理素质强大的女生才能接受。

有一天，我的邻居给我打电话说："我的哑巴爸爸不见好几天了，瓜母又生病了。"我给厂子里请了假，回家寻找哑巴爸爸，我一连找了五六天，晚上回家还得照顾妈妈。

在这样忙碌的日子里，我突然间却记起了哑父瓜母的好，我小时候，几乎没有穿过补丁衣服。父亲虽然哑巴，却有一身好力气，他总在做工回来时，给我带回来一些零食，他还会咿咿呀呀地警告一些欺负我的孩子，让那些孩子不再对我动手动脚。

后来，有人打电话让我去领人，原来，哑巴爸爸去邻村看了戏，突然间找不到家的方向了，他就顺着火车行走的方向一路向西，见到我时，他咧着嘴笑的样子比哭还难看，他比画说："顺着火车行走的方向，就能找到儿子了。"

此时，我紧紧地跑过去，抱着哑父说："爸，咱回家。"

鱼

一向忙碌的唐进，这两天却换了一身便服，跟着师父施行悠闲地坐在水库边钓鱼。鱼儿很狡猾，唐进撒了很多鱼饵，鱼就是不吃。

在钓鱼行当，唐进是个新手，根本没时间。施行是钓鱼高手，他给唐进说："要想钓住鱼，必须有耐心，要有目的性，但目的性过强，鱼儿也会被吓跑的。"唐进不解地问："鱼儿怎么知道我的目的呢？"

施行笑微微地盯着水面说："气场。"

鱼儿能感知钓鱼人的气场，唐进依旧不解地摇了摇头，他依旧盯着水面，手里的鱼竿有些晃动，施行头也没回，轻声说："一个钓鱼高手，鱼儿会自动上钩的。"

唐进知道，师父钓鱼的境界高，但他想让鱼儿自动上钩，那得修炼几十年。唐进依旧一无所获，眼见师父施行已经钓了五六条鱼了，他说："我还是换个地方吧，这里的鱼全跑你钓竿上去了。"

师父默许了，他说："往右挪三四米即可。"

唐进往右挪了四米左右，他重新撒钓饵，鱼钩上放的蚯蚓，不知何时早被鱼儿吃了，就是不见鱼，他自语道："这鱼儿是个滑头。"

施行又钓上了一条大鱼，他对唐进说："你静下心来，鱼会自动上钩的。"

唐进就将鱼竿架起，做了三个深呼吸，他明白，自己有点心急，心里老想着其他事情，怎么能够专注地钓鱼呢？

他奇怪，施行怎么就能够这么专注地钓鱼呢？他忍不住偷偷地瞄着师父，看不到师父脸上任何表情。

他长叹了一口气，人和人怎么能如此不同呢？唐进胡思乱想的空当里，施行给他说："大鱼来了，你准备收网。我去上个厕所。"

施行钻进了小树林，唐进正在疑惑之际，只见一个七八岁的小孩子，鬼鬼祟祟地朝着施行的鱼桶这边移动，唐进装作没看见，他继续盯着鱼竿和水面，眼睛的余光却没有离开施行的鱼桶。

小孩快到鱼桶跟前时，又停住了。他迅速地反身跑进了树林。

唐进说："师父，小鱼没有上钩，抓还是不抓？"

施行说："大鱼来了，先留着小鱼。"

唐进和施行又开始盯着水面，他们的目光紧紧地没有离开小树林里搭起的破烂的棚子。

只见一个十八岁左右的小伙子，左手拎着一个塑料袋，隐约可见里面花花绿绿的小袋子，右手拎着一箱牛奶。

"哥，你可算回来了。"小孩欣喜地抱住了小伙子。

"快来吃吧，都是你喜欢吃的。"

小伙子将一包薯片递了过来，小孩迅速地把包装撕开，他捏了一根薯条，递给小伙嘴边说："哥，你先吃。"小伙子没吃，他摸了一下小孩的头说："你先吃，我去解个手。"

小伙子解完手，他爬到了不远处的一棵树上，眼睛紧紧地盯着窝棚。小孩子吃了几口薯片，不住地朝小伙子离开的方向张望。突然间，他像惊醒过来，扔掉薯片，疯了一般喊着："哥，哥哥，你在哪里？"边喊边拨开周围丛生的荆棘，胳膊上也被划伤几道口子。小伙子泪流满面，他终于没能忍住，他擦干眼泪，从树上跳下来，喊了一声："你好好吃薯片，哭啥呢？"

小孩子再次飞奔过来，抱着小伙子不撒手，他说："哥，我以为你不要我了。"

小伙子用手把他的泪水擦干说："怎么会呢？我就拉了个屎。"

两个人再一次回到了简陋的四面透风的窝棚。唐进问施行："师父，收网吗？"

施行沉思了片刻说："再等等。"

约莫过了一个小时，他们俩很轻松地就收了网，捕得两条"鱼"。

两个孩子吃完，地上还扔着花花绿绿的食品袋和两个空奶盒。小伙子被铐上的那一刻，他说："警察，你们放过我弟弟，他没参与。"

小孩子被惊醒，他不住地上前撕扯着唐进："你们放开我哥哥，放开他……"

小伙子大声呵斥着他说："你不许动。"

小孩子听到哥哥的话，撒开了手，他问哥哥："哥，你啥时候回来？"

"哥，很快就会回来。"

警车开走的时候，那个小孩子一直追着跑。小孩子也跟着上了车，他说："我要和哥哥一起走。"施行对司机说："倒回去。"

小伙子歇斯底里地喊："你个瓜皮，哥哥是被警察逮了。警察大叔，你放过我弟弟，他还小，他还要上学呢？"

一上车，小孩子就紧紧地抱住小伙子，唐进用严厉的声音说："坐好。"

小孩子只是身子坐直了，但一条胳膊一直攀着小伙子。后来，经过一番审训，才发现，小孩子父亲去外地打工了，多年没有回家，母亲生下他，就不知所终。孩子由爷爷奶奶带着，施行和唐进将孩子送回了家，给爷爷奶奶交代了，要看管好。

唐进问小伙子："他不是你亲弟弟，你为什么要带着他，你想没想过把他丢了。"

"想过，好几次，我在前面跑，他在后面追着，就又不忍心了，又返回去抱着他哭，他好几个晚上睡觉做梦，抱着我胳膊哭，哥哥，你不要走，你不要丢下我，就这样一直陪着他，他也没有爸爸妈妈，丢下他，他可能会和我一样了。"

小孩子说："哥哥不让我偷，又一次，我太饿了，在河边偷了别人钓的一条鱼，被哥哥回来狠狠揍了一顿，他说，不让我走他的路。哥哥说，找机会让我上学，将来考大学。"

半年后的一天，公益节目组想让两个孩子见一面，唐进就对小伙子说："弟弟想见你。"

小伙子说："不见了。给他说，让他把我忘了吧！"

唐进问："你真的能忘了他吗？"

小伙子说："忘不了。"此刻，他早已泣不成声了。

唐进问施行："师父，什么时候再教我钓鱼。"

施行说："鱼儿有情啊！"他所答非所问，唐进却比任何人都明白，因为他看到师父眼中的泪水。

皓天终于住进了城市的高楼里，虽然这是爸爸为了让皓天的梦想成真，在城郊一处为皓天租来了这套房子，据说每月房租金都要八百块钱，皓天十分高兴。

爸爸是一个建筑工人，爸爸来这座城市里打工已经有十多年了，他每天拎着瓦刀站在二十几层的高楼上。

每天傍晚，父子俩走在城市繁华的街道中，爸爸总是自豪地对着皓天说："瞧，这幢楼是我们当年建的。还有这幢，这幢。"爸爸如数家珍般对皓天讲着建这一幢幢楼时，工友们之间的趣事，还有那些让人伤心的事儿。皓天迷茫地问爸爸："爸爸，你建了这么多楼房？什么时候才能有咱们家的呢？"

皓天爸爸沉默良久，然后，他俯下身子对皓天说："儿子，会有的，会有一扇属于我们的窗户。"

第二天，爸爸和皓天从建筑工地上的大棚里搬了出来。住进了城郊的这幢高楼的 14 层。

周日，爸爸去上班了，留下皓天一个人在家做作业。七岁的皓天，非常高兴，也非常好奇，他站在高楼上蹦了几蹦，然后，站在阳台上，张开双臂，像一只振翅欲飞的小鹰。

皓天知道，这间四十多平方的房子，是爸爸租来的，确切地说，这还不属于他们自己，但是，皓天喜欢站在高处往外看。不但可以看见街道上如蚂蚁般的行人和来往穿梭的汽车，还可以看见远处的山和蓝天白云。终于，皓天看累了。他打算出去转一转。

可是，爸爸走时交代过，不让皓天出门，说城市里坏人多。

皓天还是忍不住走出了家门，他想去寻找，寻找一个能和自己一样大的朋友来玩。皓天来到小区的院子里，小区里人来人往，孩子们都背着包，有的背着二胡，小提琴，没有一个人愿意和皓天玩。

皓天怏怏不快地回到了家中。原来，在爸爸工地上住的时候，每到周六，那些上夜班的叔叔伯伯们，白天在工棚里睡觉。皓天一个人只好悄悄地溜到工地上，看机器上上下下工作。

可现在，没人一个人和他玩，皓天只有回到家中，他拿出一瓶泡泡水，站在阳台上吹泡泡，轻轻柔柔的泡泡在阳光下熠熠发光，一直向上飞着。

突然，皓天听见了楼上阳台的窗玻璃响了，随后，就有一个稚嫩的声音响起："找啊找啊找朋友，找到一个好朋友……"

皓天太快乐了，他趴在窗户口大声地问："喂，我叫皓天，你叫什么名字？"

那个女孩子的声音脆脆的，她在 15 楼说："我叫田甜！"

一会儿，皓天听见了田甜在楼上说了："喂，皓天，我给你送下来一个梨。"皓天看见，一只黄澄澄的梨子从楼上用绳子拴着，到了 14 楼的阳台外。

皓天说："田甜，你到我家来玩吧？"

田甜说："不行，我爸爸妈妈不让我出门，怕有坏人，他们走的时候，把门反锁了，我出不去。"

就这样，皓天总是收到田甜从楼上送来的水果还有巧克力花生等。两个小孩子，坐在阳台上唱着儿歌，说着话。

有一天，皓天正和田甜说话，田甜妈妈突然回来了。

田甜说："我不敢和你说话了，妈妈说过，不要和陌生人说话的。"

就这样，两个小朋友，都是在大人们不在的时候，他们像地下党一样快乐地唱着歌儿。

有一天，田甜从楼上给皓天送下来一小篮子草莓，皓天打开窗户去接，风太大了，皓天挺着劲儿把半个身子伸出了窗外，然后，皓天却直直地从十四楼的窗户外像蝴蝶一样飞了出去。

田甜在楼上大声地哭喊着："皓天……"

此时的皓天，露出了甜甜的笑容。

从此后，田甜只是在阳台上唱一首歌：找啊找啊找朋友，找到一个好朋友……

风在听，雨在唱，皓天的声音再也没有响起。

小丑

世上有两样东西不可直视，一是太阳，二是人心。 ——东野圭吾《白夜行》

马戏团里，最抢眼的要算两个小丑了。小丑思思穿着花花绿绿的衣服，鼻头一个红色小球在跳跃，上下眼皮涂了一小点白色，显得俏皮又可爱。思思不停地拽起躲在角落里的念念，刚拽起，念念又躲起来。念念胆小，他说，这样子太丑了，两团红色在脸蛋上，还穿这么丑的衣服要在人面前表演，丢死人了。

思思比念念稍微大一点，他笑着说，念念，咱们只是为了混口饭吃，爸爸妈妈找不到了，至少在这里也安全一点，虽然在表演，但至少是靠自己劳动吃饭，不丢人，再说，咱们在众人面前表演，爸爸妈妈找着我们的机会就大一些，咱们老在后台，没人看到咱们，他们也找不到咱们呀。思思的劝解起了作用，念念就穿起表演的花衣服，让思思帮忙化妆。

他们俩扮演的小丑动作灵巧，念念吹了一个粉色的气球，思思把一个绿色的气球吹成一条黄瓜，又根据观众的要求，把它拧成一只绿色的兔子，不时的把观众逗笑了。台下的一个小观众，特别高兴，他爸爸一兴奋，往思思和念念的小兜里塞了好几张人民币。

时间在他们扮演着无数个小丑的日子中过去了，爸爸妈妈还没有找到他们。

突然有一天，来了两个穿着呢子大衣的人，是马戏团团长带进来的，团长哈着腰，一看团长说话巴结的语气，他们都知道这两人不寻常。

念念用胳膊肘碰了一下思思，问："是你爸爸妈妈吗？"

思思悄声答："我也希望是……"

思思心里明白，怕是永远也找不到了吧？但他还是经常在观众群里寻找着。希望哪天爸爸妈妈看到他的表演找到他。

团长陪着那两个人挨个把演员们看了一遍，那两人的目光锁定在了念念身上。

思思的心被揪起来了，难道念念的爸妈找到了他。思思为念念高兴，又为此要失去一个好朋友在心底里难过。

那女的说："这男孩长得漂亮，我喜欢他的眼睛。"

念念被带走的那一刻，思思的心是痛的，他已经和念念融为一体了。他们俩互相抓住对方的手不肯松开。他们俩终于被扯开了，念念被收养了。念念终于有自己的爸爸妈妈了。

思思继续一个人在台上扮演小丑，闲了，除了想爸爸妈妈，还多了一个人，想念念。他有时候恍惚，觉得自己想念念的时间胜过想爸爸妈妈的时间。思思明白，他和念念在一起的时光已经刻入了脑海里。

有一次在台上表演，恍惚中他看见了念念，他拿着还没有变形成功的气球冲进了人群，想要把这只粉色的兔子送给念念。可是，那个孩子只是和念念长得稍微有一点点像而已。思思只能随机应变，把这只兔子做完送给小孩子。思思后来有一个小搭档，叫团团。他是在表演时烧伤了胳膊，才被团长安排和思思做搭档的。思思对团团像对念念一样照顾，但空闲时，他还是想念念。

一晃三年过去了，马戏团接了一个私人PARTY，在一座别墅的院子里，思思他们团表演了全套，猴子骑车，狗狗钻火圈，思思和团团继续他们的表演。

这家人给他们的小主人庆祝生日，小主人穿着漂亮的衣服，被好多人簇拥着，伺候着。小主人非常快乐地吃着保姆给他喂的水果，一小块一小块慢慢咀嚼。团团看着和自己差不多大的小主人吃水果，不住地咽着口水，思思拉了一下她的手。小主人一会儿要他们变形金刚，一会儿要个猪猪侠，一会儿再要个美羊羊，团团一边表演，一边悄声问思思，那家小主人是念念吗？

思思的俏皮眼闪烁着说："不，不是吧？"

团团说："怎么会不是呢？他左眉角那颗黑痣错不了。就是他，我得去找他说道说道。"

思思一把拽回团团说："现在请看，我为小主人变的粉色兔子。代表着友爱，善良。有请我的搭档团团送给他。"

团团把小兔子送到了小主人的手里，她说："念念，思思让我把这个送给你。"她看到，小主人的眼睛里闪过一团火苗，随即又掠过一丝惊慌。他没有接团团的话，只是傲慢地转过头去，将小兔子扔到了地上，随即又起身狠狠地将它踩碎了，噼里啪啦的气球爆裂声，让思思的心都碎了。小主人发火了，几个保姆胆战心惊地伺候着，他们不知道这个小丑团团怎么就惹小主人不高兴了，表演被叫停了。团团还在嚷嚷着，你换多少个名字也改变不了你曾经是念念。

思思拽着团团离开了，望着他们离开的背影，小主人跑进了屋子里，将门反锁了，躲在里面抱着枕头哭。团团还在念叨，那个小孩就是念念，就是他。思思的泪花在眼睛里打转，他仰起头，抬头望着天空说："太阳好刺眼！"

导演

儿子大学放暑假回来，兴奋地对我说："妈，我们发现了一个人才。"

"谁？"

"我们班一个男同学。"

"说来听听。"

他说，我们班有一个男生，我也不想让你知道他是谁？我就用 S 代替吧！那个同学长得又黑又瘦，个子还矮，头发细细黄黄的，贴在头皮上，有点像冬天里的枯蒿，提前声明他的黄头发不是染的，是那种天生营养不良型。他属于那种沉默寡言的人，几乎不怎么和同学们交流。他唯一的优点，就是学习永远在班上排第一。

同学 S 有一个喜好，就是爱发微信朋友圈，大家隔三岔五地见他在朋友圈里炫女朋友的照片。那女朋友像明星似的，而且不停地换发型，换不同的裙子，还有女朋友养的猫咪叫雪糕，包括女朋友的午餐都不放过。他每发完一个朋友圈，总有三个很固定的铁粉点赞。甚至还评论一番。比如铁粉 M 评论：嗯，女朋友很漂亮嘛？铁粉 smile 评论：改天领来让同学们见识见识。还有一个叫铁牛的说：看不出来啊，你小子能耐很大艳福不浅啊！

为此，我们班好几个好事的男生都吃了一点"醋"，其实也是无端的醋意，人家找女朋友，与他们何干呢？但他们认为，自己比这哥们长得帅，有人比他长得白，有人比他高，也有人比他性格活泼。但大家都没有这么漂亮的女朋友。凭什么他就找了这么漂亮一个妹妹呢？而且还三天两头地晒幸福呢？有人就憋不住了，好奇心爆棚的他们，就对同学S说："把你女朋友领来，让大家见见面吧！"谁知这家伙装清高，用手将细弱的头发朝后一捋说，我得征求女朋友的意见，然后扬长而去，给大家留了一个背影。我原以为他们会放弃呢？结果有好事者就发挥了"福尔摩斯"的精神，他悄悄地跟踪了S好几次，一无所获，也没有见到S的女朋友。

这样一来，大家的好奇心更盛了，有人就猜，可能是外校的同学，要么是青梅竹马的发小，也有可能是姑家或姨妈家或舅舅家表妹吧，用来吊大家胃口的。

没有找到真相的好事者们，经常还是会被他发在朋友圈的美女照搞得心神不宁，还有那三个铁杆粉丝的留言。有人蠢蠢欲动地说，赶明儿我也找个女朋友，晒到朋友圈，杀杀这小子的威风，说的人咬牙切齿，好像人家抢了自己的女朋友一样。

突然有一天，教室里的画风好像变了，我刚一进教室，发现大家都有些幸灾乐祸。原来好事者在高两届的校友L微博上发现了他女朋友的照片跟同学S的女朋友酷似，经过细心比对，确实是同一个人，只不过，稍微有所修饰。好事者就把S约到校园的角落里，逼问事情的真相。S恳求好事者，不要把真相说给其他同学，好事者信誓旦旦地答应了。原来，L每发一条微博，S就把照片粘贴进了自己的朋友圈，更让大家惊讶的是，他的那三个铁杆粉丝，都是他自己申请的三个不同的号。

自以为发现真相的好事者，带着胜利者的优越感，面对S的时候嘴角都是上扬的，他老挂在嘴边的一句歌词是：是谁导演这场戏，在这孤单角色里，对白总是自言自语，对手都是回忆……用他自己的话说，他没有告诉任何人，但全班同学都知道了，甚至连其他班的同学都知道了。

儿子讲完后，我以为事情就这样结束了，只不过是孩子们之间的小游戏而已。

　　谁承想，寒假归来的儿子，情绪有些低落，他问我："妈，你说，一个人的意志真那么脆弱吗？"

　　"那要看什么事？什么人呢？"

　　他说了，就暑假给你讲的，那个S同学，他退学了。

　　"啊，为什么？"

　　他说，我们班同学和老师都没有想到，自从他发别人女朋友的照片被大家知道后，一向学习特别优秀的S，成绩突然间一落千丈，而且像变了一个人一样。以前不爱言语的他，突然间每天见人就说个不停，说天气说鸟树虫鱼说课堂说三国说红楼，说雾霾说疫情甚至说国内国外形势说明星，话题如滔滔江水连绵不断啊，而且几乎不眠不休，从早晨一睁眼开始说话，可以说到凌晨两三点，直到说困了，才倒下睡一小会儿。刚开始同学们还好奇，这家伙学富五车满腹经纶，时间长了，大家一见他张嘴说话，就开始躲得远远的，但同寝室的人没法躲，个个被折磨得白天都哈欠连天。

　　同学们把这一情况，反映给了辅导员，以求解脱自己。

　　辅导员通知了家长。他头发花白，身形矮小的老父亲来了，佝偻着腰给辅导员和每个同学低头道谢，并叹着气说，S是村里唯一考上这么好大学的学生，还指望他将来能有出息呢，谁承想……老父亲哽咽着说不下去了。

　　据说在康复医院住院的S每天望着天空发呆，也不怎么说话了。

　　那些好事者每天也不由自主地望着S的空座位发呆。

人梯

湍急的水流，连天的炮火，火光冲天，烟雾弥漫着。

敌人的火力依旧在猛烈地进攻着，唯一的一座桥被敌军的炮火炸断了。

大刚子从水底摸到了半个桥墩子和半条腿，他的心猛然间揪紧，这不知道是哪个战士的，顾不得多想，浑浊的水里和着血色，一道道流淌着，此刻，争分夺秒，必须抢占了前面的渡口，不然，整个火车上上万条生命和运送的战备物资将毁于一旦。

他不清楚到底还有多少战士活着，他只能趁着浑浊的水流摸着往前游，还不能被敌人发现。

突然间，他看见了水里还游着好几个身影，前面游得最快的那个，肯定是瘦猴无疑了。

"猴子。"他压低声，试着叫了一声。大有拽着丑丑，丑丑的嘴都咧着，疼痛，但他忍着，他说，你们不用管我了，我自己能行。

猴子听到了他的声音，他游到另一个石墩下，半潜着身子问，咱们一共还有多少人，下一步该咋办呢？

大刚子说，现在唯一的办法是想办法过桥去，将火车拦下来。

来得及吗？

我们只有一个小时的时间，必须保证在火车到来之前。

可是，我们怎么上去呢？

必须先上了桥再说呢。

望着高达七八米的桥，大家都傻眼了。

咋办？

是这样，我们先找找，看还有多少兄弟们，然后商量着怎么办。

大家嗖溜嗖溜从不同方向涌向了这边。

大刚子问：搭个人梯行不行？我和胖墩儿垫底。

丑丑说了，我也来。

大刚子说，你歇着，我们想办法把你弄上去，不能把你丢下的。

夜色浓了，整个河里漆黑一团。

敌人正坐下来喝酒庆贺，他们正在等待着火车掉下去。

他们贴着桥墩子，就那样，大刚子和胖墩儿在第一层，其他人依次架起来，就那样，一层又一层地架起了一座人梯，猴子是最后一个爬上去的，他动作敏捷，目标小一些。

他将绳子拴在了桥边的钢架上，随后伸手将兄弟们一个一个吊了上去。

最后，只剩下大刚子和丑丑了。

丑丑说了，为了争取时间，你们不用管我，我先找个地方隐藏起来，不让敌人发现我们，等完成任务，你们再来找我。

不行，我们不能丢下任何一个人。

无论如何，我们要把你拉起来。

丑丑非常清楚，腿只是外伤，但他的内伤很严重。

丑丑说了，大哥，我很清楚自己的伤，不能拖了大家的后腿，要不，你给我一枪吧！

"来，我背着你，无论如何，我们一起走。"大刚子不想放弃任何一个战友。

大刚子背着丑丑，刚攀到半空两米多，敌人的枪声响起了，丑丑从大刚子的背上掉到了水中。丑丑说，刚子，别管我，你快走吧！赶紧将火车拦在了半道上，不然我们的损失就太大了。

大刚子不依，他跳进了水里，又一次背起了丑丑，丑丑哭了。

腿上的伤口依旧在流血，他的热泪再一次打在了大刚子的背上。

丑丑明白那批物资的重要性，他紧紧地闭上了眼睛。

大刚子的手刚到绳索，随着"砰"的一声枪响，只听到一声："兄弟，再见！物资要紧！"

大刚子泪水模糊了双眼，他看着已经顺水漂向远处的丑丑，说了句："保重！"

十一点前，敌军要想看到的火车开到断桥的场面没有出现。

敌军营地里的一场大火却蔓延开来了，根本来不及救。

敌军头目愤怒地拿着一把刺刀逼问着："谁，谁放的火，哪里来的火呢？"

十五六岁的小太一郎往后退着摇头说："不，我不知道！"

还没等敌军头目明白过来，一颗子弹早已穿过了他的头颅了，鲜血喷涌而出。

陷阱

　　丫丫进家门的时候，母亲低头蹲在地上拣菜，全是自己家院子里种的，韭菜已过了时令，叶子长得又粗又壮，韭菜的茎只有短短的一寸左右，上面沾着些许泥巴。父亲正在低头拿着斧子砍柴，都是些从后山上拣来的老树枝，细一些的树枝不用砍，用手就能掰断，但父亲长着青筋的手，似乎没有那么便利，依旧颤颤巍巍地砍着。

　　丫丫在大门口停顿一会儿进门问："妈，怎么还吃这么老的菜？"母亲没有回答她的话，抬头问："丫丫回来了？"

　　父亲砍柴的声音大些，没有听见他们的话，她再次问："不是给你们买了电磁炉吗？还砍柴做什么呢？"

　　母亲说："你爸闲不住，都是些朽树枝，轻着呢。"

　　前年父亲和隔壁叔叔上山，隔壁叔叔和他们没有亲缘关系，只是一个称呼而已。

　　父亲在前面走着，掉到陷阱里去了。后来，丫丫总劝导父亲不让他上山的。

　　据说，父亲当时上山，看见了一只肥硕的野兔子，他回家便对人说了，结果，过了两天，隔壁叔叔跑来找父亲，拿着一只套兔子的铁夹子。他们俩本来是一前一后走着，都抬头看了树上。没想到，掉进了老猎人做的陷阱里，三米多高的深坑上面，苫了一些树叶，已经深秋了，根本看不出来。

父亲和叔叔几乎同时掉进了坑里，他们俩试图自己从坑里边爬上来，可是绳子都在叔叔的手中，只要没人经过，再大声求救也不可能有人，叔叔对父亲说，老哥，咋办，要不，我踩着你先上。

父亲同意了，叔叔又高又大，再说也年轻几岁，父亲上了年纪，身形也矮，瘦一些。父亲蹲下，叔叔刚踩在他的肩膀上，父亲觉得骨头似乎被踩断了，只觉得眼前一黑，他倒了，叔叔也又一次倒在坑里。

他爬起来，看到嘴里吐白沫的父亲，又是摇又是掐人中，父亲终于醒过来了，只是再也无力出去了。

叔叔开始焦躁不安，他开始埋怨父亲，早知道他一个人来了，来了也是个累赘。接着又骂挖这个坑的猎人们，不得好死，父亲听得也累了，他说，你现在骂也没用，还是保存点体力，等待救援咱们的人。叔叔说，谁会来救我，一个光棍，谁会想得起。父亲不再说话，他清楚，别人不敢保证，但是母亲会的。

果不其然，第二天一大早，母亲就领着本家的叔伯兄弟们跑到山上来寻找他们了。

叔叔被救上来时，泪花都闪烁着，他跪在地上，给救他们的叔伯兄弟们深深地磕了一个头。叔叔回家后，在炕头上躺了两天，第三天又活过来了，他咬牙切齿地说，一定要找出这个挖坑的人。不然，咽不下这口气。

叔叔就开始暗暗打听，打听了好几个人，都没有打听到。父亲说，别再找了，还能有谁呢？五年前，你为了套住一头野鹿，花了两天时间挖的坑，结果，鹿没中计，没想到，把咱们套进去了。

怎么可能，我挖的那坑前有一棵树。

父亲说，那树被你撞伤了根，早枯死了。

叔叔的气焰慢慢地弱了下去，头也不回地走掉了。

蓝花花

阳光明晃晃地洒在崖面上，有几束光从窑洞的亮窗里钻了进来。夏红旗睁开惺忪的双眼，打量着窑洞里一切，身边的看灯大娘早已不见了。

黑漆漆的窑洞内顶，大概是被煤油灯长年熏成这样了。窗户上大红色的剪纸已经褪得泛白了，炕上只有两床被子，自己盖的这条算半新旧，另外一床棉被是补丁摞着补丁，但大娘的手巧，被子看起来还很有艺术感。

夏红旗正沉浸在自己对艺术的遐想中，一阵"啊噢啊噢"驴子的嘶鸣声吓得她打了一个激灵，这头毛驴唤醒了另外一头驴，它们俩二重唱一般叫着。

大娘在窗外，轻声地呵斥两头驴子说："你俩这是干叫啥呢？人家北京娃娃到咱这穷山沟沟里来了，让女子多睡一会儿，你俩这牲灵犟的哩！"

大娘说话特别有味道，鼻音压得很重。夏红旗听出大娘像嗔怪孩子样亲昵地对驴子。她赶紧起床，不好意思地很快将自己融入了新的角色，她不再是城里学生，而是一个知青。她走出窑洞外，望着眼前陌生而新鲜的一切。

窑洞外一棵叫不上名字的大树，长得很有特色，枝条弯曲着，黄土坡面上一棵又一棵这种树，那些蒿草枯黄，窑洞前的石碾子旁，一只皮包骨的黑狗蜷缩着晒太阳。见她从窑洞里面出来，连叫一声似乎也没有力气。

看灯大娘从另一孔窑洞里出来，手里捧着两碗饭。夏红旗不好意思地问了句："大娘，这是什么树，长得这么好看。"

大娘笑着说："这是枣树。女子，快来吃饭吧！"

大娘亲切地叫她女子，好像自己家的娃娃。

夏红旗接过小米稀饭和一盘酸菜羊肉，放在门外的石桌上，一股膻味儿直冲鼻子。这是在大娘家吃的第一顿饭，她尽量克制着不表现出来，她邀请大娘和她一起来吃，大娘说你先吃吧，我这吃饭快。

夏红旗实在闻不惯羊肉的那股膻腥味儿，她也没怎么吃菜，只是将小米稀饭全喝光了，吃了点馒头。饭很快就吃完，她觉得第一次剩饭不太好，她见厨房门口放着一个破旧的竹筐当垃圾桶，就准备将剩菜倒进去时，才发现大娘就坐在门槛内啃着一个黑乎乎的疙瘩馍，她愣住了，将要倒菜的手也停在了半空中。

大娘也发现了夏红旗，她见夏红旗目光集中在她的手上，急忙将黑馒头藏在了身后，说，我们陕北庄稼人，吃这个实在，顶饱。

夏红旗的眼眶顿时红了，眼睛湿润了，她说，大娘，我昨晚睡得晚一些，这些菜，我没吃，要不，您吃吧！

大娘赶紧站起来，在围裙上擦了擦手，将盘子接住了。她突然间明白，自己吃不下的那些菜，可能是大娘家最好的吃食了。也许逢年过节的时候，才能够吃到的菜，自己还挑三拣四的。

夏红旗说自己想出去转转，临出门走的时候，她将五角钱压在碗底。

山坳坳里传来一阵信天游：夏红旗也不知道歌名，但她听得很真切。"青线线的那个蓝线线，蓝格英英地采，生下一个蓝花花，实实地爱死个人！五谷里那田苗子，唯有高粱高，一十三省的女儿呀，唯有那蓝花花好。"

唱得明快而又朴实，不由得让夏红旗加快了脚步，她走了好几里地，还没找到唱歌的源头，另外一个山畔上又唱起了其他的信天游，夏红旗兴奋地漫山遍野地跟着学唱着。

中午的时候，夏红旗给自己下了一道任务，今天无论大娘做的什么饭，不能挑剔，都必须吃完。

大娘给夏红旗做的是"金裹银"面条，是将玉米面粉和小麦面粉两种面分别揉成团，最后搭在一起，擀成一黄一白正反面，吃起来特别筋道。

虽然面条不及夏红旗在家里时吃得爽口，但夏红旗依旧明白，大娘已经拿出家里最好的了。

大娘一边和夏红旗说话，一边说，你这女子心肠软，让人心疼得很哩！你是我们陕北的蓝花花哩。

夏红旗嘴里应着，她明白这是大娘对她的褒奖，大娘朴实无华的语言让她心里像清泉般流淌着。

每天吃完饭，夏红旗都悄悄地在碗底压五角钱，她觉得这样可以帮衬一下大娘的家用，当然自己也可以吃得心安理得。

半个月过去了，有一天早晨醒来穿衣服时，夏红旗感觉衣兜里有个硬硬的纸，掏出来一看，大娘不知道什么时候又将那些钱全还给了自己。

夏红旗在心底默默地说："大娘，您才是陕北真正的蓝花花哩！"

欠娘一个吻

"娘，尾巴进去了！"老大从外地打来了电话。

"尾巴进去了？进哪里去了？"娘在这边焦急地询问着。

"尾巴被抓进去了，听说是拿了不该拿的钱……"老大哽咽着重复了一遍。

娘握着电话筒跌落在了地上，一旁的爹也晕了过去。

尾巴是娘的小儿子。小时候，娘走到哪里，他都粘着娘，跟到哪里。大家都笑说，他像娘的尾巴一样。就这样，他的小名就叫尾巴。

谁也没想到，这个鼻根常吊两根白虫子的尾巴，成天哼哼叽叽地，却出落成了关山村第一个大学生。留在了省城，当了全省的父母官。

爹再也没有吭一声，突发心肌梗死走了。娘埋葬了爹，便踏上了寻找儿子的路。

娘临走时，背了一个大蛇皮袋子，里面有干粮，还有好几双鞋子。

几千里路程，娘拄着一根拐杖。累了，在路旁的草垛旁歇息；渴了，在小溪边掬两把水喝；饿了，掏出干硬的馒头啃两口。

娘的头发乱了，原本花白的头发，现在却像落了一层厚厚的霜，扎眼。

娘一路走，一路在想儿子尾巴小时候的事。

记得一岁零五个月时，刚刚学会走路的尾巴挣脱母亲的手，摇摇晃晃地，走一步跌两步。娘在后面不停地喊：走慢点，刚刚学走路，怎么能走这么快呢？尾巴咧开嘴冲娘笑，又继续摇摇晃晃地走路。走累了，他便张开双臂，哭喊着娘，等娘过去抱他。娘刚走到跟前，尾巴便扑进娘的怀里，娇气地亲吻娘，雨点般的吻落在娘光洁的脸上额头上，娘的心里开了花一样乐呵。

娘常常笑着说，等我老了，脸像树皮一样，儿子再也不会亲娘了。尾巴却笑嘻嘻地说，娘，等你老了，我一样亲你。娘笑得好灿烂。

尾巴长到二十岁那年，上大学走的时候，他抱着娘，轻轻地在娘的额头亲了一下。尾巴说，等我毕业了，我一定还要亲娘，哪怕娘的脸像树皮呢。娘感觉好亲切，心里美滋滋地。

这个动作在关山村一下子炸开了花。人们都说，老牛家那个尾巴，还没到城里，便跟着城里人学坏了，还亲了他老娘。

娘却不恼。娘总说，你们那是吃不到葡萄说葡萄酸，有本事你们让儿子也亲一下你们啊！老乡们无语。

邻居周大婶说，我那儿子，天天盼望着早点上北坡山埋葬我呢，还能亲我啊！

娘心里清楚，他们都羡慕娘有个好儿子。娘也盼着儿子早点毕业。可儿子自从毕业参加了工作，就很少回到关山村了，更别提亲一下娘了。

娘一路走，一路想儿子可爱的童年，笑一阵子，哭一阵子。娘整整哭了两个多月，眼睛也渐渐模糊不清了。

两个月，娘穿破了六双鞋，磨掉了六双鞋底。那半袋子干粮，早已长了绿绿的茸毛。可娘还在边哭泣边吃。她想得最多的，还是她的小儿子尾巴。

娘处处碰壁，终于还是摸索到了监狱。可到了监狱，狱警们却说，尾巴是贪污受贿几千万的重刑犯，不让探监。

娘不知道从哪里听说的，说犯人们每天都有放风的时间，站在后边的山坡上就能看到。娘就每天早晨早早地爬上那座高坡，眼睛不好使的娘，几乎是脚手并用上到坡顶。娘目不转睛地盯着下面的操场，在山坡上大声地喊着儿子的小名，并大声说："儿子，你还欠娘一个亲吻！"

娘的举动终于感动了狱警们，也感动了所有的犯人。

那天下着大雨，娘一步三滑地攀上山头，呼喊着儿子的名字，狱警让所有的犯人在山底下齐声喊："妈妈……妈妈……"喊声震天动地，山谷的回声一次又一次地传来，所有的犯人都哭了。

母亲不知道，儿子其实在前一个月就被处决了。尾巴留言给哥哥说，不要告诉娘我死的消息，怕他老人家受不了这个打击，替我亲吻娘，我欠她老人家一个亲吻，不……是欠娘一世情，下辈子再投生，我还做娘的儿子。

第三辑

生存法则

生日

　　已经夜里十一点半了，曲好准备派送完这一单，他就打算休息了，回家奖励一下自己。可是，手机又传来消息：你有新的派送任务。

　　曲好还沉浸在今天六点十分送的那一餐，他们也该散场了吧？生日宴和生日蛋糕吃完，他们会不会去KTV唱歌呢。曲好特别喜欢唱歌，他的嗓音条件好，大学时曾是校园里的麦霸，他好想叫上几个朋友一起一展歌喉。

　　曲好实在太累了，他也想好好地睡一觉，没办法，曲好去取餐的时候才发现，订餐的人在关山大酒店五楼，一楼是安旗蛋糕店，曲好取到的是一个四层的蛋糕，上面铺满了曲好喜欢吃的水果，猕猴桃、木瓜、火龙果、芒果、圣女果，颜色搭配合理，特别诱人。第二层是各种巧克力的组合，有金元宝、钱币，还有心形等组成的，第三层是各种可食用的花，顶层是一个动漫卡通人物，做得逼真，让人不忍下嘴的感觉。曲好在心里估算着这个小孩子几岁时，服务往蛋糕上插了个30的蜡烛，曲好忍不住多问了一句："30岁？"服务员让曲好问得也不自信了，又重新看了一眼订单，说："对对，就是30岁。"曲好的思绪飘到了远方，服务员见他发愣，问曲好："你好，还有什么问题吗？"

曲好的思绪被打断了，他说："没什么？今天我也生日。"

服务员充满同情地望了他一眼，顺嘴说了一句："祝你生日快乐。"

曲好拿起餐，看了一眼那个服务员，她说完，早已忙去了，只留下一个背影。曲好的泪水不争气地涌了出来。

"生日快乐！"曲好一路念叨着，在电梯里有其他客人，他只好默默地在心里念叨。

上了五楼的一个餐厅的大包间，他在门口打了个取餐电话，一个穿旗袍的五十多岁的女人出来取的餐，曲好顺便瞄了一眼，那是二十几个人的包间，人和人中间几乎是遥遥相望了。曲好顺嘴说了一句："生日快乐。"

女人笑得合不拢嘴了，说："谢谢你啊。今天是我儿子生日。他也刚好考上了事业编制，双喜临门。"

曲好又顺口说了一句："恭喜啊！"女人连声道谢着。曲好还没离开，女人合上门在里面笑着说："今天的外卖员好有礼貌。也祝你生日快乐和恭喜了。"

曲好在走廊里捶了一下自己的背，好累啊！

他下楼，在安旗蛋糕店门口思量了一下，他看了一眼自己的手机微信余额，又把手机装兜里，继续接单。

本来想着今天早早收场的，已经夜里十二点钟了，曲好知道，这已经是第二天了。生日早过了。

曲好记得小时候，见邻居，也是同学过生日，他们会做一桌子好菜吃，曲好就问："妈妈，我的生日怎么过？"

妈妈说："时间到了，就过了。咱们家没这个习惯。"

曲好本来打算，给老板说一下，休一天假，去看一场新的电影，买一桶爆米花，叫几个朋友吃一顿饭，喝点酒，好好地去 KTV 唱个歌。

他还打算给妈妈买一件打折的羽绒服，给爸爸也买一件，顺便给他们买一双冬天的靴子，带长毛的那种，还有妹妹的新书包，他答应了好几次了，每次回家，妹妹都会问呢？

六点送完那个 30 岁的生日蛋糕，曲好打开手机，好想给妈妈打个电话。可他怕自己绷不住，会哭，所以，忍住了。

可是，生日都已经过了，已经是 31 岁的第一天。

曲好回家，狠狠地给自己泡了两包方便面，他喜欢的麻辣味道，吃完饭，他没有收拾，他不想，让自己这么累。

床头的考公考编的书，让他一刻也不想睁眼睛了，没办法，他又随手抽出一本书，他妈的，考了五年了，笔试过了，面试总也过不了。他们说，面试也要报班的，曲好没时间报班，他在送外卖的间隙里掏出书来看几眼，不过，让他心理平衡的是，他们十几个外卖员，本科毕业生有七八个呢，有的已经放弃了，不考，曲好有点不甘心。

他还打算继续考，曲好抽出书，看了不到一页，书掉下来打到脸上了。曲好对自己说，睡吧，还有几个小时，天就亮了。

梦中的曲好，在家门前的小河沟里钓了一条大鱼，妈妈给他做了他最喜欢吃的手擀面条，底下卧了两个鸡蛋。

被手机闹铃叫醒的时候，曲好发现，手机屏幕还停在微信上，和妈妈聊天的那个界面上，曲好打了六个字：祝我生日快乐，还没来得及发出去。

换位

　　小刘和小高虽然不是同一所大学毕业，但学习的专业却出奇的相同。当然，他们俩也在同一天进入这个文化传媒公司工作。

　　小刘性格比较外向，对什么事情都非常有兴趣，是个天生乐天派。一有啥事儿，总是藏不住心事，叽里呱啦地如同倒核桃。

　　小高却沉稳得要命，可以一整天不说话，甚至和单位的其他人也可以不说一句话。他的性格比较慢，比如说吧，部门主管安排工作说，小高，你把昨天排版的那篇文章找出来，主任要看看。小高不慌不忙，然后，大约半个小时过去了，小高还在电脑前，手握鼠标，一副没事人的样子。主管终于等不住了，问一句：小高，文章呢？小高说："在我这儿，我找到了。"主管火了："你写一篇文章也不至于用这么长时间吧。"小高依然不温不火地回一句："噢，你没说啥时候要啊。"主管气得一句话噎在了喉咙里，再也无语。

　　那天，公司李丽中了彩票，大家都跟着欣喜，对于这样的意外收获，每个人都想沾点喜气。当然，大伙儿想让她请客，小刘就对小高说："高，李丽中了 10 万元彩票，今天下午大伙到龙门鱼府撮一顿。"

　　小高却把头一扬，不屑一顾地说："中 20 万值得你这样大惊小怪吗？真是的。"然后，头也不回地走了，留下小刘呆若木鸡。

小刘扇了自己一个嘴巴说："嘴真贱。"然后，他发誓，再也不多嘴了。

可是，小刘依然没有管住自己的嘴。

公司倩倩搬了新家，小刘又没忍住，他对小高说："高，你说咱们奋斗多少年才能买个一室一厅啊，同样大学毕业，生得好不如嫁得好，倩倩找了一煤老板，一下子就在市中心买了一幢别墅，我真想做个变性手术，然后，把自己嫁出去算了。"

小刘以为小高会和自己一样的感慨万千，可谁承想，小高眼睛向上一翻说："不就是一套房子嘛，嘚瑟啥呢！"

小刘望着小高，他在想，是哪里出问题了，他总是想不明白。

小刘想不明白，但他还是喜欢没事的时候瞎琢磨，他得出一个结论：小高很清高。

这样想的时候，小刘就不再纠结了。

公司魏亮找了一个女朋友，身材曼妙，一头海藻般的卷发落在白皙的肩膀上，惹得公司好多男同事失眠。

当然，私下里议论美女，是男士们乐此不疲的事儿，也好缓解男多女少导致的荷尔蒙失调。

"听说魏亮的女朋友长了两个可爱的小虎牙，和大明星巩俐有一拼啊！啥时候，咱哥俩也去认识一下啊！"小刘啧啧地咂巴着嘴。

"漂亮的女人是祸水，这个你不会不明白吧？别高兴得太早，给他小子戴绿帽子的时候还在后头呢！这样的女人，倒找我钱，我都不要。"小高一直在演绎着自己的清高。

小刘似乎就是公司里小道消息的传声筒，他对小高说："公司在企划部打算提拔一名主管。"小刘的话还没有讲完，小高便说："刘，你别整天神神道道好不好，企划部提主管，与我们营销部有什么关系啊？"

小刘便闭了嘴，不再讲话。

可是，没等第二天一早，小刘便憋不住了，他对小高说："高，听说这次的候选人名单里有你。"他等着小高的清高。

然而，小高的表情却出奇的让人意外，小高紧握拳头，然后，又向外伸出了两根指头，作出了剪刀手，急切地问："真的吗，你说的是真的吗？"

说来也怪，小高真的如愿当上了主管，他对小刘说，哥们今天请你吃火锅，令小高没想到的是，小刘却冷冷地说："不就一个破主管嘛，有什么了不起的呢？"

拉风

关山人骑着他的马，好奇且拉风地行走在大街上，眼花缭乱啊！

一幢高楼连着一幢，关山人抬眼望出去，他眼晕。路过的小朋友都好奇地望着他的马，夸赞着他好帅哟！好拉风！

关山人的马，也茫然了，它听见汽车的鸣笛声，惊慌失措地扬起蹄子，打了一个响鼻，它的嘶鸣声也带着颤音。

马受惊了。开始在大街上狂奔，马蹄子踢翻了路旁的水果摊，苹果、梨、枣、葡萄等水果骨碌碌满地翻滚着。

马依旧没有停止它狂乱的步伐，马乱蹦着，路旁的行人纷纷向两边躲避着。

一时间，呼救声，惊叫声，马的嘶鸣声，大人小孩的，各种叫声集结着。

街道乱成了一锅粥，关山人慌了，他紧紧拉住马的缰绳。

可是，受惊了的马哪里是一根缰绳就能够牵住的。

马依旧在十字路口狂奔着，红绿灯下，车辆和行人纷纷让道。

穿制服、戴大檐帽的交警围了过来，他们替关山人拦住了它的马。

关山人茫然地骑在马上，他知道，他闯祸了。

交警向他礼貌地敬礼，并对他说："您好，骑乘马匹横过马路时，驾驶人应当下车牵引牲畜。您已经破坏了交通秩序，造成了一定的损失，请跟我们到交警队走一趟吧。"

"这是马路，我骑马怎么了？"关山人实话实说。

"根据《中华人民共和国道路交通安全法》，您乘的马造成了交通拥堵，踢翻了水果摊，还伤了人。您会受到相应的行政处罚。"交警说得一本正经。

"我在关山那么大的草原骑马，想骑哪里骑哪里。几千公里，我想去哪里就去哪里。这条街道是让人走的，我怎么还违法呢？再说，你这大街上也没说不让马走啊？"关山人黑红的脸膛颜色更加深了。

"先生，请您先下马，跟我们到交警队去一趟，接受处罚吧！"交警知道和他说不清，只好让他先去一趟交警队。

关山人下了马，他跟着他们来到了交警队，水果摊老板也来了。

水果摊老板镶着大金牙，他傲慢地瞟了他一眼，两根手指夹着一根烟，掏出一大堆水果进货发票递了过来。

一会儿，一个五十多岁的大妈，佝偻着腰，挂着拐，一瘸一拐地乜来了。

她说："娃呀，大娘这胳膊怕是要废了，你这马也太霸道了，我好端端地在街道走着，它一个蹄子过来，我的胳膊就骨折了，这是医药费。"

关山人一张张翻看着，他傻眼了。

医药费，水果钱，加上交警的罚款，一万多块钱。

关山人双手抱着头，蹲在了墙角，他将头深深地低了下去。

一个年轻的女交警对他说："你赶紧让家里人送钱来吧？"

关山人低声说："我，我是一人吃饱，全家不饿。"

"你父母呢？"

"我十岁时，我爹就没了，我十六岁时，我娘也没了。"关山人如实回答。

"你没有媳妇吗？多大年纪？"

"我三十五岁，家里穷，娶不起媳妇。"关山人无奈地回答。

"你说，现在怎么办？你的马踢翻了水果摊，踢伤了人，这个你该掏吧？如果不行，我就暂扣你的马，三个月之内，你如果筹不到钱，我们就把它卖了。"

"那你们要善待我的马，我的全部家当就这一匹马，我的马一天要吃八斤料，三十多斤草料。你们可一定要好好善待它啊！"关山人一提起他的马，他热泪盈眶。

"你稍等一下，这么说，我们还得给你的马租个马圈，专门找个饲养员啊？"交警有点急了。

"我没钱！"关山人急忙抢话头。

"你没钱，你怎么这么任性，骑着马到处乱撞？你今天必须给我赔钱。"水果摊老板也急眼了。

"我没任性，我只是没钱坐车，我寻思着，我有马，我就骑它了。"关山人辩解着。

"娃呀，大娘这也孤苦伶仃的，你看你这，得让大娘胳膊打好几个月的石膏啊？"那老大娘用拐咚咚地捶着地。

"大娘，我只是没想到，你们城里人，开着那个小汽车，呱呱地乱叫，把我的马惊着了。"

"你找找你的朋友，让他给你帮忙垫些钱，你想办法还吧！"

"我没有朋友。"

交警无奈地和水果摊主和老大娘商量，看能不能先打个借条，不然，这没钱，也没有办法么。

他们看这样子，如果再耗下去，也没什么意思了，他们只好自认倒霉。

关山人打了借条，说好一个月后还钱。他们拿着借条走了。

出了交警队的门，关山人迷茫了。

这么宽阔的马路，哪一条才是马走的呢？

新人

单位里新招聘了一位办公室文员，大家都很期待这股新鲜血液的注入。

这位新人叫林达，人如其名一样，响动很大。

上班第一天，她就给所有人洗了一次眼睛。

她顶着一头爆炸式的头发，穿着一身时尚性感的果绿色衣服，高跟鞋敲打着地面，噔噔地来上班了。

最主要的是，她还开着一辆价值不菲的跑车。

她拎着包出现在办公室，主动和大家打着招呼："嗨，大家好，我是林达。"随后她甩了一下她的爆炸式头发，径直走到了自己的工作岗位上去了。

有男同事偷偷地拿眼睛瞟她。

女同事也悄悄打量她的装扮。

整个早晨，办公室的气氛异样。

午饭时，她刚一离开，大家便凑到一起，开始对她评头论足。

"听说了吗？她是空降来的，背景挺大。"伪娘翘起兰花指开始八卦。

"瞧她那样儿，整个一个外星球来的，男不男，女不女。"碎嘴的青儿说，似乎从牙缝里能感觉到她冒着的丝丝酸味儿。

"她还开一辆跑车，八成被哪个大款包养了。"

"也许是别人的小三小四小五，小六也说不准呢。"

没事的时候，她成了大家闲余时间的谈资。

过了不到一个星期，科长找她谈话了。

科长语重心长地说："小林啊，你看，你人长得这么漂亮，你不该把头发弄得这么怪嘛！你漂亮也就算了，你穿衣服还这么前卫，对吧？你前卫也就算了，你还开车上班，你开车上班也就算了，你还弄一辆跑车，这样在同事当中影响不好嘛？"

科长的谆谆教导，让林达大跌眼镜。

她急了，她说："科长，我人长得漂亮，开跑车，我碍着大家什么事了吗？"

科长没想到，这个林达竟然还是一个天不怕地不怕的刺猬，他的鼻尖上也开始冒冷汗。

科长见林达不依不饶，他把鼻梁上的眼镜往上推了推，说："小林啊，你虽然没有碍着大家什么事情，可是，机关里要低调一点儿。"

"我为什么要低调，我把工作干好就行，我为什么要在乎别人的眼光呢？"林达还在和科长理论着。

"你这就是强词夺理。"科长先声夺人，啪啪地拍着桌子。

林达被几个同事劝说着离开了科长办公室。

"辞职，我不干了，我受不了这份窝囊气。"林达义愤填膺地吼道。

"你是新人，新人就要收敛一点儿嘛。"伪娘的兰花指在半空中划着弧线。

"新人，新人怎么了？难道也要像你们一样老气横秋才对吗？"林达依旧口无遮拦地说。

她的这句话打击面很广，所有的人都将异样的目光投向了她。

林达知道自己的一句话，波及面太广了。

为了不伤和气，她主动请大家去天外天酒吧，疯狂地宣泄。

她说了，酒大家随便喝，我买单。

此后，大家看她的装扮也不那么扎眼了，反而都习惯了。

随后，不知不觉间，这位新人，悄无声息地换了装扮，平淡无奇的职业装，让她和整个环境似乎融为一体了。

后来，又来了一位新的美女同事，大家的焦点又一次对准了她。

"瞧她那样子，有点新人的样子吗？"

"她的包是 LV 吧，谁买的还不一定呢？"

奇怪的是，林达也加入了对新人评头论足的阵营中。

別
墅

有时候，我感觉自己特不靠谱。

这也是我的女朋友阿丽的感觉。

那天早晨打算起床时，我伸了伸懒腰说，我将来要给自己设计一座豪华别墅。阿丽瞪大了一双席篾眼，摸了摸我的额头，然后在自己的额头上试着对比了一下说："不发烧啊！是不是还在做梦啊？"

难怪阿丽怀疑我，自从大学毕业后，到北京三年了，我还租住在城中村的地下室里，一间不到十平方米的地下室，阴冷黑暗，白天进来都要靠灯光。

阿丽和我是大学同学，学的也是建筑设计专业，在同一家公司打工，薪水可怜得只够一日三餐。

好多同学都羡慕我，说我和阿丽腻歪得让人浑身起鸡皮疙瘩。我揍他们一拳说："羡慕嫉妒恨吗？如果这样，你们也找个女朋友啊！"

那帮哥们就起哄："你这是饱汉不知饿汉子饥啊。"

我们现在起早贪黑的，为的就是在这座城市里属于自己的一套房子，不过，北京城这么大，多我一个人不多，少我一个人也不少，我也只是为了我那可怜的自尊心，不肯到小县城里去谋出路。

说真的，我最近接的这几单设计，真他妈让人愤怒，一个搞房地产的大老板，我只见过他一次，她给自己的小三，也说不准是小四小五还是小六，总之，年纪和我一般大小的姑娘，买了一个二百四十平方米的二层，装修豪华不说，就单单那个地理位置让我嫉妒小半年。

那个姑娘，据说从某个二流或者三流的大学刚毕业，就和这个大他三十多岁的老头儿住在了一起，我只见过那个老头儿一次，剩下的就是姓何的姑娘谈装修了。

那天，我的设计完成后，我给她打电话，她懒洋洋地说："行，你过来吧！我在幸福花园小区。"我赶过去的时候，已经上午十点多了，那个姑娘穿着睡衣给我开了门，我站在门外不肯进去，她哈哈大笑着说："怎么，怕我吃了你？像你这么大个男人，还这么害羞，真是世间少有啊！"我结结巴巴说："我，我，不是，他还没起床吧！"

姑娘说："你说他呀，这会儿也不知道在哪个女人的床上呢，反正我这里没有。"看得出，姑娘，也是一脸的寂寞无奈啊！

"那这个设计方案，谁最后定夺呢。"

她懒洋洋地接过来，只瞄了一眼说："就按你设计的做吧。钱一分也不会少你的。"

边说着，她把设计方案扔在了茶几上。起身去了里屋，我四下打量着她现在的家，足足一百六十多平方米，装修至少七八十万的样子，可据她说，那个二百四十平方米的也是给她的。

我正在四下打量的时候，她拿着一沓子钱，从里屋出来了，扔给我说："拿着，等将来装修完了，再给。反正我也不懂，剩下的就交给你了，你负责监工。"

不用数，从她给的厚度上来看，我就知道，这足足比我设计费全额的三倍还要多。

我当时非常兴奋，出了门，就给阿丽打电话说："丫头，我发财了。"

阿丽很冷静地劝我："你别癔症了。"

直到我请阿丽去饭店大撮了一顿后，阿丽才相信，世界上还有这等好事。我们都有些微微的醉意，我搂着阿丽的肩膀，然后，我给她说了我的梦想，要在北京城里有一套自己的别墅。

说真的，我那时候的感觉是，我恨不得吃些雌激素，也她妈的变成女人多好。哪怕去泰国当个人妖也好！

后来的日子，我每天跑建材市场，和那些工人一起采购，买最好的装修材料。累得要死要活。三个月过后，房子装修结束了，我的美梦结束了。我得回到自己的地下室去，继续接活儿搞设计。

那天，房主人来收房的时候，她兑现了自己的承诺，又给我付了一大笔监工费。这比我设计五六个大活儿挣得还多，钥匙还没有交给她，我还要给房主打扫完卫生才能离开呢。望着手中的钥匙，我知道，如果把钥匙还给房主，我和这套房，这个小区就没有任何关系了，我恋恋不舍地在这个小区转悠着，这个小区的绿化非常不错，翠绿如毯的草坪，周围还种上了竹子。

不知怎么的，我却挪不动脚步了，我有了一个大胆的设想，想在房主的阁楼旁接出一快，建一个自己的别墅，虽然只能容下我自己的身体，但我每天能听到房主别墅里的声音，就宛如我生活在别墅之中，这个想法好，我开始一点一点往里运料，塑料布和木方，铁丝和钉子，不到十天，我的理想完成了，在房主别墅的顶上，一间鸡蛋形状的屋子耸立起来，我立马住了进去。

然后，我到处打电话寻找阿丽，想告诉她，我有了一座自己的别墅，却被告知，手机已停机，完了，阿丽一定是嫁人了。

　　可是，在这个别墅里住了不到两天，我就被小区的保安轰了出去，我听见一个声音大声询问，怎么会出这样的事情，保安说，我们以为是你家屋顶的鸽子笼呢……

　　我卷起铺盖仓皇逃跑时，差点被一辆急驰的小车撞倒，我听见，阿丽在车里喊："谁啊，这么不长眼睛？"

老梁，你好

　　天涯海角洗浴中心位于城北角上，并不起眼，用一般人的眼光来看，这里偏僻，生意不会太好。可没过五年，一座五层的洗浴中心高高矗立在人们面前的时候，这不但戳红了好多人的眼，也戳疼他们的心。

　　老梁也是这些人当中的一个，但老梁既不愤青，也不嫉妒，老梁在心里打他的小算盘。老梁看到了"商机"。

　　老梁看到洗浴中心门口，贴着一张招聘广告，要一名"搓澡工"。老梁就心动了，心动了也就行动了。

　　平时，这种地方，老梁根本不屑，老梁和大多数人的观念一样，这里面进进出出的男男女女，都不是什么正经人，正经人谁跑这地方洗澡啊！看那些露胸露大腿的姑娘，老梁就痛心。他总在想，父母养活这么大不容易，可尽干的啥事啊！

　　可今天老梁却不在乎这些了，老梁的手背在身后，慢腾腾，步伐却坚实有力。老梁见吧台后的姑娘正在对着镜子画眉毛，老梁故意咳嗽了几声，姑娘把镜子拿开，笑眯眯地说："大爷，您是足疗还是按摩呀！"

　　老梁嘿嘿笑着说："按摩呀，这个我可没钱。"姑娘的脸便拉了下来，脸色由晴转阴了，她以为碰上那些无聊闲转悠的人了，她重新拿起镜子打算继续化妆。

老梁急忙说："我是来应聘搓澡工的。"

"应聘？"姑娘的嘴张得老大，她从上到下打量了老梁一番，摇了摇头。

"大爷，就您这身板，还能搓澡？"姑娘明显不相信。

老梁说："我知道姑娘嫌我瘦，你可知道，我当年可是能扛起一百多斤的大铁疙瘩，机械厂的钳工，让你们掌事的来。"

姑娘对着里间喊了一句："张总，有人找。"

一个穿夹克衫的中年男子，从里间叼着烟出来了。姑娘说："张总，他来应聘搓澡工。"中年男人上下打量了老梁一眼，说："搓澡可是个大体力活儿，你扛得住吗？"

老梁说："没问题，我以前是钳工，离岗后，干过的活儿多了，一百八十斤的麻袋都扛过。"

张总说："那行，先试用三天，如果不行，你自己走人。明天起就可以上班了，以前的搓澡工老王老伴儿生病了，他得回家照顾。"

张总这两天正着急了，死马当活马医吧，看看，说不定呢。这个精瘦的老头，看着瘦得前胸贴着后背，看样子却是以前干过大力气活的人。谁说力气大非得胖人呢？

老梁在试用期间，口碑还不错，张总很爽快地留下了老梁。老梁在洗浴中心一干就是三年，那些老客户一来，只说一句，老梁。

这样，老梁的收入也很高，老梁每天收工的时候，看着那一张张绿色的牌儿，就高兴，每一张收入五块，老梁就有三块的收入。一个月下来，老梁也能收入两三千元。

按理说，老梁也到了享清福的年纪了，儿子大学已经毕业了，找的工作也不错，在一家热力公司跑业务。每月的收入很可观，儿子也不常回家，他说上班不方便，要搬出去，老梁把当年买断工龄的钱和所有的积蓄给儿子付了首付，儿子就不回这个家了。

细算起来，老梁也有小半年没见儿子了吧。一想到儿子，老梁的干劲儿十足啊，他在没人的时候，看着吧台上的小青就说："小青，还没对象吧？"小青撇撇嘴说："老梁，又想给你儿子介绍对象了吧！"老梁就笑。

儿子刚上大学那年，妻子突发脑梗，好不容易把命捡了回来，老梁所在的单位破产了，没办法，老梁就到处打零工，给建筑工地当小工，给粮库里扛过麻袋，总之，别人不愿意干的吃力活儿，老梁都干。

那天，浴室里，水雾弥漫，一团壮硕的白肉朝老梁走了过来，这个白胖的男子，挺着啤酒肚，任由老梁在背上狠搓着，白胖的背上，涌起了一道又一道红印子，老梁就问："您觉得这力道如何呢？"

这个胖子哼哼唧唧很享受。

搓完澡，老梁走到换衣间，打算穿衣服，今天的客人不是太多，胖子也从里间摇摇晃晃的出来了，有一个男子从外边递过来一条新毛巾，边说："三楼那边的丽丽和露露在等着咱们呢。"

老梁知道，三楼是一条龙服务的第二道工序，全是一帮花枝招展的姑娘，什么莎莎、露露、丽丽的，多了去了，老梁一个也没记住。他也懒得记，这年头，各走各的路，谁也不碍谁。这是老梁一贯的处世哲学。

可谁知，老梁转身的时候，却愣住了，那个帮着胖子穿衣服的青年男子，竟然是自己的儿子。

老梁刚打算说话，那边儿子却说了："噢，老梁，你好，好几年不见，在这还好吧！"没等老梁答话，他指着老梁给胖子说："我们以前的老邻居，也姓梁。"大热的天，老梁却感觉自己的脊背嗖嗖地冒着冷气，他从喉咙底打算"嗯"一声，可咽喉不知道被什么东西堵住了。

阵痛

队伍在缓慢地前行着，已经怀孕三十六周的杜清搀扶着瘸腿的赤脚医生老高，后面还跟着三岁的小拇尕和六岁的大拇指。

老高说："你快放开我，你肚子那么大了，万一这一用力，生到半道上咋办呢？"

杜清说："老高，你就放心吧，这一路上，喝得河里的水，吃得树叶，都没有事，这娃皮实着呢。孩子在肚子里就已经知道了生活的不容易，所以，生出来才好养活。"

大拇指和小拇尕边走边捉蝴蝶。老高说："咱们坐下来歇息吧，我这一把老骨头了，不怕，关键是你，你肚里的娃娃得歇歇。"

大拇指和小拇尕的母亲和父亲都在战场上牺牲了。

好几个晚上，杜清发现，大拇指睡着后脸上挂着泪痕，杜清替她擦泪，她在睡梦里叫妈妈。小拇尕每晚睡前都哭着找妈妈，杜清就说："妈妈去很远的地方去给他们找糖吃了。"小拇尕的小手每晚睡前都要揞着杜清的耳朵才能睡着。她吻了吻小拇尕的脸蛋和小手，心里涌起一阵阵暖流。自从得知自己怀孕后，再也不像以前那样觉得这俩孩子麻烦了。

以前一听到小拇尕找妈妈，她也跟着小拇尕哭。大拇指手里拿着一截旧毛线，是肖大姐毛衣袖子上脱落的。都已经褪得看不清毛线真实的颜色了。大拇指将这一截毛线挽成环状，然后，拿在手里教小拇朵"翻绞绞"，一截旧毛线是他的玩具，可以翻转成很多种图形，还能不打结。大拇指将毛线圈套在两只手上，然后用食指挑，形成一个双交叉的形状，她说："这是飞机，快翻，将手指套里面，翻个跑道。"然后示意小拇朵翻，小拇朵根据姐姐的提示，用食指和中指套进了交叉的线里，随意地一翻，这两条线又变成四条平行的线。大拇指兴奋地喊："弟弟真棒，真的翻了四个跑道。"

有一天，大拇指和小拇朵不见了，杜清找遍了营房的房前屋后，也没有看见他们俩。惹得一向平和冷静的稼平骂了她一通，说她连两个孩子都看不住，如果两个孩子有个闪失，如何向牺牲在战场上的肖大姐夫妻俩交代。

杜清满是委屈。他们分头在树林里寻找。天已经快麻麻黑了，两个孩子蜷缩在一个空心的树洞里。他们说："要去找爸爸妈妈。"

杜清拥抱着两个孩子说："我就是你们的妈妈。"

大拇指怯生生地问："杜阿姨，你肚子里的宝宝答应吗？"

杜清坚定地点了点头说："宝宝出生了，你俩就是姐姐和哥哥了。"小拇朵把头塞进杜清怀里，甜甜地叫了一声："妈妈。"随后再次响亮地叫着，两个孩子轮番叫着妈妈，杜清也响亮地答着。

稼平突然接到上级通知，要到抗日一线去完成一项特殊的任务，临走前的晚上，稼平将耳朵贴在杜清的肚皮上聆听着，孩子似乎有感应了，他在肚子里乱踢着，杜清说："孩子舍不得你走呢。"

稼平故意咳两声，清清嗓子说："小子，你给我记住，一定要等着你爹回来。不然，我打你屁股……"杜清咯咯笑着说："看看，你这粗鲁劲儿又上来了。"

稼平"嘿嘿"地傻笑着。他走的时候特别交代了几遍，要杜清一定注意不要太劳累，他尽量按杜清的预产期回来。

稼平走后不久，杜清他们接到上级通知，要转移阵地，这个基地暴露了。

考虑杜清快生孩子了，就让赤脚医生老高陪着她走。其余的人要收拾行李，带各类生活用具等等。

她们一直走了七天，突然间，眼镜接到了上级的通知，他骑马跑来，说要告诉老高一些事情，让杜清他们先走一步。

杜清领着孩子们往前走，突然间，她感觉到肚子突然间疼了一下。

她知道，这疼痛还有一个过程，她就忍着，继续往前走。

走了二十多分钟，老高还没有赶上来，杜清的肚子一阵又一阵的疼痛着。

小拇尕说："我想喝水。"大拇指拿出了行军水壶，给他喝了点水，她问杜清："妈妈，你怎么出了这么多汗？你喝点水吧！"

"妈妈快要生了。"

"那我们等等高爷爷吧！"杜清的右眼皮不停地跳着。

杜清找了一块大石，躲到稍微隐蔽的地方半躺着，她怕吓着孩子们，她让两个孩子站在路边等高爷爷。

羊水已经破了，一股热流涌了出来。她的心慌慌的，鼓足了劲儿用力着，突然"哇"的一声婴儿的啼哭，两个孩子闻声跑了过来。杜清让孩子们取出随身包裹里的东西，只能自己接生了，她将脐带斩断，用随身的一个小被单将孩子包起来。

她感觉眼前越来越模糊了。

孩子依然在哭，大拇指抱着孩子轻轻拍着。

一滴、二滴、三滴……水滴进了杜清干裂结痂的嘴唇时，她缓缓地睁开了眼睛，她一把抓住老高的手问："稼平呢？"

老高答非所问地说："孩子刚刚睡着了，长得很像你。"

"稼平呢？"杜清继续问。

老高眼睛红肿地说："稼平在前线执行任务呢，这你知道啊！估计过几天会回来的。"

杜清的两行泪水滚落了下来，她喃喃自语道："稼平每天都盼望着和平解放的那一天，就给孩子取名'继平'吧！"

老高点了点头，背过身子擦了擦眼泪。

杜清的肚子又痛了一下。

手艺人

　　老金年龄刚过五十，头顶已经没了头发，脸上皱子横生，里面写满了岁月沧桑和辛酸。个子不太高，肚子已经突出，连带着身体都微微向前拱着，不注意，还以为是一个大腹便便的孕妇。

　　老金是一个泥瓦匠，不过，这两年，泥瓦匠虽然听起来不像是什么体面的工作，却比有些大学生挣得钱多，老金那天碰到一个年轻小伙子，是省内某个三本学校毕业的，在社区当志愿者，一个月二千三百块钱，老金问："当志愿者几年了？"

　　"六年。"

　　"没想过干点别的吗？"老金语气里有点惋惜。

　　"其他也不会。"小伙子无奈地说。

　　"可以学呀，学个技术性的工作。你们这么年轻。"老金启发着小伙子，他觉得年纪轻轻，什么都能学会，一个月挣那么一点钱，能干点什么呢？小伙子还得娶媳妇养家呢？这怎么成呢？

　　于是，老金女儿学习也不好，女儿在报志愿的时候，女儿选择了什么计算机，大数据分析，老金问，这些能干什么？女儿其实也很茫然，感觉就在自己分数段里选几个学校而已，几乎等同于盲选，老金说，这什么大数据只是你报的这个学校有吗？还是其他一本二本都有？女儿说是："几乎每个学校都开设了这门课。"老金说："那就别报了，你出来，毕业等于失业。"女儿不解地问老金："你一个初中毕业的泥瓦匠，还懂这些。"

老金说："我喜欢和年轻人聊天，只要见一些年轻人，我就问人家。你想想，你一个三本，想和人家那些一二本的好学校的学生去竞争一个工作岗位，你凭什么呢？"女儿想想，说："爸，你说得有道理。"

"那我选个地理科学。将来可以到处跑。"

老金说："我认识两三个学地理的娃娃，说他们同学都在到处找工作，手里拿着教师资格证，可地理老师一个学校只要一两个，凭什么你一个三本，还想研究地理科学。"

女儿有点沮丧了，她说："爸，为什么我选一个，你反驳一个，我这下不想听你的呢？报志愿要自己愿意。"

老金就给女儿讲各种道理，他的观点是："要报就报个具有实用价值的专业，将来可以有个一技之长，你搞高端一点的拼不过人家一二本的学生，但护理这种稍微看起来不是什么体面的工作，但至少你不会失业。"

老金再三游说女儿，女儿最终选择了一个护理专业，其实说白了，将来在医院当个护士。

女儿上了四年大学，本科护理毕业，因为护理专业大多是一些职业院校开设的，好多学护理的学生都是专科生，老金女儿被省上两家医院看中，女儿就顺理成章地留在了省城。

在这一点上，老金觉得他这空闲的天没有白聊，还是聊出了成绩的。

女儿发微信说："老金，累了就歇歇，咱父女俩这工种都不轻松，别把自己累坏了。虽然要有吃苦精神，但别太苦，我现在已经挣钱了，养活你和我妈没问题。"

老金说："你听过一句话没有，叫吃不上苦中苦比吃得苦中苦还苦。"

女儿冷笑："老金，你这什么鸡毛理论，完全是谬论。"

父女俩为这事争论半天，老金经常吹嘘的一句话就是，咱不能和人家比，咱要认清自己的实力。

当年，老金父亲就是一个泥瓦匠，父亲想让那时候的小金多努力，将来离开农村，干个体面而轻松的工作，那时候，他学习也不好，加上母亲常年生病，他大多时候要照顾母亲，初中一毕业，就不愿意去上学了，父亲问他，那你将来靠什么养活老婆娃娃？

他说："我跟着你学个泥瓦匠。"

父亲不言语，只是吧嗒吧嗒抽着烟，唉声叹气地把一截烟把儿摁在地上，说了句："走，今天就上工地，去给别人家砌墙。"

父亲想用这种办法让他明白，这是力气活儿。

可没想到，他似乎有这方面的天性，父亲教了一遍，他就学得有模有样了。父亲也打消了让他再上学的念头。

父亲教会了他，没想到，父亲有一天，给人砌完墙，天太热了，就洗了一个澡，结果，不到半个小时，父亲就撒手人寰了。

十七岁的年纪，埋葬完父亲，他就拿着瓦刀，一拿就是一辈子。

他靠自己的手艺，养活了母亲，又养活了媳妇和女儿，老金还是喜欢手艺人。

　　牛主任一听这事儿，一股莫名的火腾一下升起来了，他强压住自己的怒火，在村委会的地上转着圈儿，像困兽一般。转了十多圈后，他端起一大杯水，将心头的火浇灭。

　　大发的脑袋从门缝里挤了进来，厚厚的酒瓶底挂在鼻梁上，雾蒙蒙地将狡黠的小眼睛掩藏了，牛主任看不清他的表情，大发的半边身子还斜挂在门外。突然，大发就猛然地扑进来倒在了地上，显然，是被门外的另一股力量给推进来的。大发趴在地上，嘴里嘟囔着，你踢我干啥呢？

　　不用看也不用问，牛主任就知道是何人所为，那大嗓门吼得整个房梁上的土都扑啦啦往下掉呢。大发真是白披了一张男人皮，凡事都是媳妇在后面拉茬，媳妇麦娥还理直气壮地说："牛主任，你说这事咋弄，我们一家都指着这三亩丹参地的收成呢？只要有人上门来收，我们卖了还犯法了吗？"

　　牛主任不吭声，任凭大发媳妇在那竹筒里倒豆子，噼里啪啦地响。

　　"犯不犯法，你们心里没点数吗？违反合同，要付违约金的，另外你知道这批丹参卖给药贩子，他们会不会从中作什么梗吗？早收一个多月，丹参的药效会下降多少你知道吗？"牛主任气不打一处来。

"牛，牛，牛主任，合同这事咋办呢？"一听到违约金，大发媳妇这嘴一下子就像安了半边拉链，一下卡在那儿了。

"牛，牛，牛啥呢？还能咋办，凉拌么！"牛主任故意学着大发媳妇结巴。

"凉拌，黄瓜还是凉盘？"大发这人就是怂，幽默也不挑好时间。

"凉你个大头鬼啊！"媳妇一把将大发推搡到后面，挤到前讪讪地笑着。

"牛主任，你看你给想个办法吧，你给申经理说说。这药贩子我们又不认识，这钱也拿了。我们也找不到他了呀，他开个小三轮蹦蹦车拉走的，也没有牌子，我们到哪里去找嘛！"大发媳妇进门那股子硬劲儿没有了。

"你俩先回去吧！这事儿不是我说了就能算的，人家申经理如果要违约金，这我真没办法！"牛主任不再理他俩，低头去填帮扶纪实簿了。

大发两口子还赖在桌子前不走。

周书记推门进来时，大发媳妇在拧大发的胳膊，大发龇牙咧嘴地不敢言语。

周书记笑笑说："大发，你们两口今儿个清闲呀！"

"周书记，您大人大量，私自卖丹参是我们的不对，我们迟迟不见动静，以为申经理那边不要了，有贩子收购，我们就卖了，您给申经理说说，能不能不要我们赔违约金啊！"大发媳妇见到周书记，以为见到了救星。

周书记在门口跺了跺脚上的雪，他将帽子取下来挂在衣架上，顺手将羽绒服脱下来挂上去。

他坐下来慢慢地问："大发，你们的丹参卖多少钱一斤啊？"

大发媳妇抢着回答："一块二，价钱还不错。"

"那你知道今年的市场价格是多少？"周书记笑着反问。

"那贩子说，市场价再过一个月就会跌，跌到八九毛，甚至当柴烧也有可能，我们才早早卖了。"大发媳妇的小聪明全写在脸上。

"这么说吧，今年丹参的用量加大了，上海那边医药公司现在把价格已经调到了三块三了，后期涨的可能性也有，但人家要求的品质必须是一个月后再采收。你们的丹参挖得太早了，品质没法保障啊！"周书记说得轻描淡写。

"三块三？"媳妇又在大发的胳膊上拧了一下，大发再一次龇牙，嘴里吸溜了一声。

大发媳妇腿软了，差点倒在了地上，大发急忙搀起媳妇。

周书记厉声喊："让她自己站起来走！"

大发吓了一跳，急忙松开了手，大发媳妇软了的腿，瞬间站直了，她踉跄着走出了门。周书记透过玻璃窗看出去，说道："这大发媳妇肠子都快悔青了吧？"

"合同那事儿你给申经理说了吗？"牛主任问。

"申经理说，市场价格已经把教训给足了，他就不要违约金了。我这个'第一书记'不好当啊，这脱困户的思维要转变得有个过程，扶起来不如他们自己站起来！"周书记喃喃地说。

救救我

关山人走路从来不看路，在草原上驰骋习惯了，闭着眼睛也能找到回家的路。

关山人走在街道，他也喜欢抬头看天，看不一样的天，城里的天和关山的天不一样。

关山的天，云是白的，大朵大朵的云，像开在蓝天上的花儿，好看。

城里的天，找不见蓝天，也看不到白云朵，关山人心里发紧，他着急。

他一着急，脚步就快了，他一路寻找，寻找哪怕一块白云朵都行。

"扑通"一声，关山人掉进了下水道里。

关山人走路没有看道儿，他把自己跌进去了。

幸好下水道的盖子破了，连着半个，半个和他一起掉下去了。

关山人和下水道的盖子被卡在了下水道的半道中。

关山人急了，他抬头望着井盖大点的天，喊道："有人吗？谁来救救我？"

井盖有点松动，关山人的头皮发麻，他的腿似乎也不听使唤了，他不敢用力，轻轻地一只脚扣在下水道壁崖上。

127

有人走过，关山人继续呼叫："上面有人吗？谁来救救我？"

上面探出一个白头发的人，关山人见到了救星，他双手合十，大声求救："大爷，求求你救救我吧！"

白头发男子戏谑他："大爷？老子今年才十九岁，叫什么大爷啊？"

关山人睁大眼睛，努力朝上看，他说："兄弟，对不起，我是一时心急，才看错的。"

白头发男子掏出手机对关山人说："老哥，你做一个剪刀手的动作，我就救你。"

"什么是剪刀手？"关山人茫然。

白头发男子伸出右手食指和中指，贴在脸边，让关山人跟着学。

关山人不解，但他还是跟着做了。

白头发男子掏出手机，"啪"一下拍了一张照片，对他说："谢谢啊，我发个微信，让朋友圈里的人多点些赞，马上就会有人来救你的。"

白头发男子边说着，消失在了井口边。

"兄弟，兄弟……"关山人无奈地放下了贴在脸边的剪刀手。

又有人经过，关山人急忙扯着嗓子喊："有人吗？谁来救救我？"

一个中年人捂着鼻子对着他喊："你怎么掉下水道里啦？"

关山人说："大叔，救救我，我也不知道怎么就掉下水道里了？"

"你有钱吗？给这个数，我就救你。"中年人伸出一把手。

"五十？"关山人问。

"五百。"中年人回答着。

"我只有二百块。"关山人如实回答。

"那行吧，看在你遇难的份上，我也就不计较了，二百就二百，你先扔上来吧。"

关山人此时双腿酸麻，他的头晕乎乎，他就掏出了二百元，团成了团，扔了上来。

钱扔上来了，中年人拿着他的钱，放在鼻子边，闻了一下，然后，笑呵呵地展开了钱，趴在边上对他说："兄弟，你等着，我给你叫人去。"

关山人还在想，这个人肯定会叫来很多人的。关山人此时已大汗淋漓，他的腿已抖成了帕金森综合征了。

关山人闭上眼睛等着，他想起前几天，他骑着马在草原上放牧，一个人开着汽车，陷在了沼泽地里了。

汽车越挣扎陷得越深。

关山人二话没说，他拉过几匹马，使出了浑身解数，终于将汽车里的四个人救了出来，那些人感激极了，他们纷纷掏出钱，往关山人的手里塞，关山人一分钱没有要，他骑上马，笑着走了。

关山人等啊等，中年人拿了钱却再也没有回来。

终于，关山人听到了七嘴八舌的议论声，关山人此刻已经没有力气再喊了，他只是无力地挥了挥手，关山人看到了一群穿橘黄色衣服的人。

有一个人朝着他喊："老乡，你能听见我们说话吗？"

关山人说："我没有钱了。"

"好，还能说话，赶紧下井。"有人命令着。

"我去吧！"

"让我下去吧？"

"别争了，拉紧绳子。"其中一个人再次命令着。

关山人傻眼了，竟然还有人争着救自己吗？

关山人眼睛看酸了，他低下头，摇了摇头，他不相信这是真的。

"老乡，你拉紧绳子，攥紧了。"关山人看到一个人腰里系着一条绳子，将一条绳子扔了下来。

关山人闭着眼睛，机械地攥紧绳子的这一头，他的腰里被人狠狠地搂紧，他竟然上来了。

关山人得救了，他迷茫地对救他的人说："对不起，我没有钱了。"

"老乡，只要你没事就好，我们不要你一分钱。我们是消防队员。"

"什么？你们不要钱？"关山人比先前更迷茫了。

第四辑

旧味新品

十字路口

那天，我在气喘吁吁地追我丢失的牛，快走到一个十字路口，已经是中午十点多了，夏日的阳光很刺眼。

我用手遮住阳光，看了看天，再看看太阳，我发现前面十字路口的大树下，似乎有个人。我急忙跑上前想向他询问，我这才发现，地上半躺着一个乞丐，衣衫褴褛，面前有一只破碗，里面有十几个硬币和几个一块五块十块面额不等的纸币。

我说，兄弟，你看见有人牵着牛从哪个方向走了？

他用草帽遮着脸，跷着二郎腿，声音从帽子下传过来，没有。

我急忙从口袋里掏出唯一的一枚硬币，"当啷"一声扔到他的碗里，硬币声音总算撬开了他的嘴。他把帽子从脸上取了下来，我这才发现，他紧闭着双眼，根本就没法睁开，唉，这不是白白糟蹋了五毛钱嘛！

我正打算放弃的时候，乞丐说话了。

别追了，你追不上了。

为什么？我急切地追问。

他朝碗的方向努了努嘴，随后又把发黑的草帽扣在脸上，继续装睡了。

我朝兜里摸了摸，没有硬币了，我只好打开钱包，除了一张一百元，再没有零钱了。我重新把钱装进了钱包里。

我说，兄弟，我今天没装现金，下次给你。

他冷笑着，微信支付宝都行。不用太多，我有个原则，最多五元。

我说，你就吹吧，你还有原则呢，地上不是有十块吗？他说，不，我当时找了他五元。你眼睛这样，你怎么知道人家给的是十块钱呢？他嘴角掠过一丝轻蔑说，天机不可泄露。

我只好掏出手机给他的支付宝转了五块钱红包。

他开口了，说，早晨五点四十左右，在十字路口往左，旁边有一块空地，周围全是玉米地，牛被装上车，早都运走了。

我说，谢谢。

打算转身走的时候，他说了，你不是失主，你其实就是偷牛的贼，牛早就被你转出去卖了，但你怕警察和失主找你的麻烦，然后，装作牛主人，来打听情况的。

呵呵，这乞丐有意思。

我说，你是怎么知道我不是失主的呢？

他说，天机不可泄露。

我说，其实我是个警察，我今天早晨接到失主报案，说，他昨晚丢失了一头牛，我经过分析偷牛的人从这个方向走了，但前面有个十字路口，我想问一下，看看有什么线索。其实你提供的情况挺好的。不过呢？我早已知道答案了。兄弟，别装了，还是乖乖地跟我走吧！

乞丐继续闭着眼睛说话，你这人不讲理啊，我好心给你提供情报，你不感谢我，还想做什么？

我说，你比我清楚，我想做什么呢？

乞丐讲了，你们不可以绑架一个残疾人的，那样是犯法的。

你怎么能用绑架二字呢？这里根本就没有绑架一说，我就是想把你叫到派出所去问问情况的？

乞丐说，你不但冒充失主，你还冒充警察，你这是想要把我带走灭口吗？兄弟，怪我，怪我嘴太碎了，我以后再也不说了。我是一个瞎子，我每天只要能讨到几块钱，能混个肚子圆，我就知足了。我也没有见什么牛，你说的什么我也听不懂，我根本就不知道你说的这些事儿。这样总行了吧，你还是行行好！我给你磕头了，兄弟，我真的，只是个讨饭的。

我笑着不讲话，我说，别演了，哥们，演技还得再提高。

走吧，去了，你就明白了。

乞丐把自己的碗护住说，我一天这么辛苦，大哥，你是干大事的人，你不会看中我一个瞎子的钱吧！一个瞎子，什么也看不见的，现在一个人吃饱，全家不饿，你把我绑票了，也没有人来给你们拿赎金赎我。

哥们，这事儿真不划算的。两人便互相扭着进了派出所。

乞丐坐在派出所的地板上，依旧在嘀咕着，我就是个瞎子，我是合法公民，我就靠讨饭混个日子，也没干什么犯法的事儿，你们抓我到这里干什么呢？

我说，哥们，我现在给你说实话吧，我其实是真正的失主，牛的主人。

你别装可怜了，你快说，你们把我的牛偷出去卖到哪里去了？

要不，让你尝尝看守所的饭，你才能承认呢？

他说，好呀，这里风吹不着，雨打不着，还有人管饭，正好不用再去讨了。

你还不打算说实话是吧，那你就好好待着吧，总有你承认的那一天。

乞丐还在委屈地万般抵赖着。

乞丐说，大哥，你开啥玩笑呢？

我像是开玩笑的吗？

好吧，你就好好给警察交代吧？我得去找我丢失的牛了。

坐在一旁的警察却说了，你俩都好好地交待吧？你也不是真正的失主，真正报案的失主不是你，你偷了牛，牛却丢了。

这位也不是真正的乞丐，是把你偷来的牛贩卖的人。

我说，警察，我冤枉啊，我是真正的牛主人，乞丐才是偷牛的贼，我和乞丐就这样争执着。

警察却在一旁看着我俩冷冷地笑着。

药引子

外爷是个老中医，方圆几百公里人都找他看病。

那时候的人，大多数没钱，外爷就给人欠着，舅舅边抓药边在一旁数落着："欠欠欠，挣得钱全贴补旁人了，你的五个孙子吃啥呢？"

外爷一边给人把脉，一边捻着自己的长白胡须说："人有钱了就还了，没还说明没有的么。人心要放宽，路才宽么。"一边说着，正在瞧病的病人如果没钱了，外爷还是会把中药给抓好，并说了煎药的方法，账当然还会欠着的。

然后舅舅就骂，欠钱的人不要脸，都不主动一点来还钱，这都压了五六个欠条了，今天还好意思欠，我们家都揭不开锅了。

妗子的脸就黑成了锅底，她将最小的丫头抱来，往外爷开处方的八仙桌上一撤，娃哭声更大了，妗子也不管，嘴里撩出来的话硬邦邦，直夯夯的，硬硬的语气如镢头挖在冻土上，咣咣地把镢头弹回来。

她说："大，你心宽，你心大，这穷汉日子，我不过了。"妗子这一闹腾，娃娃们一齐哭了，张着嘴直哭，妗子就钻进厨房里，开始摔碟子拌碗，家里就没有消停的日子了。

妗子感觉解气了，她进屋开始整理自己的衣服，打算回娘家住去。

四个会走路的娃娃，一齐扯住妗子的衣襟哭，妗子就拿娃娃出气，提起个扫炕笤帚就挨个打屁股，娃娃们越打越哭得厉害。娃娃们打怕了，都不敢拽妈妈的衣襟了。

妗子夹个包袱趁机出门，舅舅就开始拦挡着，不让妗子出门。他知道，出了这个门，妗子不住个十天半个月，他来来回回带着礼当，当然肯定是最值钱的点心或罐头，得去请个五六趟，小脚丈母娘是不肯放女儿回家来的。

丈母娘个子不高，精瘦精瘦的，三寸金莲一跳三尺高，舅舅担心人家跳起来摔倒，人家却稳稳地落到地上，拐棍儿撑住从来没倒过，丈母娘跳累了就开始坐门前的青石板上骂，骂外爷，骂杨家祖宗十八代，说把她女儿欺负的，日子过不到人前面，炕上连一床浑全的被子都没有，还尽装大方。木锅盖都是半边，你老大能给人看病，钱没挣下，净贴补了旁人了。你老娘死那么早，你大是打算看上哪家的婆娘想给你们娶后娘吗？

舅舅请不回妗子，回家来外爷再去，外爷的礼比舅舅的还重，马蹄酥，陇州宁果外带一条雪茄烟提着去，丈母娘依旧把脸拉下，礼当是照收不误，但没说得那么难听了。她说女儿最近身体不适，要在娘家住几天歇缓歇缓。

外爷说："亲家，孙娃他娘歇缓也行，我的药铺子收上了点钱，也不多，拿来给两位亲家割二斤肉补补身子，这一段时日照管孙娃他娘也吃力了，一点小意思。"外爷把钱从上衣口袋里掏出来递给亲家母，亲家母把手伸到半截，又觉得不好意思缩回去了。

亲家公蹴在门槛边吧嗒吧嗒吃旱烟，抽完一根，从兜里摸出一沓半张白纸或麻纸，将食指放在下嘴唇边，蘸点唾沫，合着大拇指用力，捻出一张纸，烟丝倒在上面，用舌头开始舔纸的一边，全部舔湿了，将纸的另一边合过来，卷成筒，一根烟算是卷成了。他从衣兜里摸出火柴，如果是做饭时间，他头歪向灶火口，从锅底下扯出一根燃着的柴火棍点烟，亲家母就骂，抽不死你，抽死了明年今天就给你做周年。亲家公好脾气，拿这火药筒一样的女人没办法，干脆噤声了。

亲家母故意装出一副冰冷的样子，其实眼睛里的兴奋是掩饰不住的。她又开始故意埋怨亲家公说："你这个死老头，我说让女子早些回去管五个娃娃呢，男人家管娃娃吃不好，穿不干净，你就惯着你女子。"

亲家公嘴唇哆嗦着，他知道，这个屎盆子现在只能扣在自己头上，黑锅总得有人背，他想说话也没有机会说，只好说："回么，回吧，赶紧回去管娃去。"

亲家母不好直接让妗子跟着回去，她说："赶明儿我把女子送回来，女子就有面子了。不然，回去让女婿看轻了，娃娃们也不待见。"

"赶明儿回来就成了，只是娃想她娘了！"外爷便告辞说，病人还在药铺门外等着呢。

外爷一走，亲家母打开了那把黄铜锁，便把外爷拿来的钱装进了箱子里。边锁边说，留着给你弟弟娶媳妇用。妗子原以为，娘会把这笔钱如数交到她的手上，怎么自己还锁起来了，妗子这一看，母亲拿了钱又变了一副模样，她才明白，娘把她吵架回家，当成了赚钱的好法子。

妗子便后悔了，她把对自己母亲的不满都发泄了出来，她说，娘，娃娃们要吃要穿，一家八张嘴呢，你也好意思收下那钱。

妗子她娘还没反应过来女儿的用意，她说："收嘛，为啥不收嘛？瓜怂才不收呢？"

妗子更生气了，她拎起包袱就出了院门，说："再也不来了。"她说的是气话，女儿家，哪能不上娘家的门嘛！该来还得来的。

妗子和外爷一前一后回了家，娃娃们喜得扑进母亲的怀里撒娇，全然忘记了前几天还挨了一顿打。

舅舅把最小的丫头塞到妗子怀中说，饭在锅里热着呢，我给你舀饭去。五丫头早已掀起妗子的衣襟把头钻里面吃奶去了。

舅舅进了药铺数落外爷说："大，就你大方，我丈母娘那人属貔貅的，收到的钱还能退回来吗？"

外爷捋着胡须哈哈大笑着说："我从来不指望这钱能退回来，那就是个药引子。我这贴药，一剂就见效。"

还别说，自此后，妗子动不动就跑回娘家那病再也没犯过。

老爱情

秋天的头茬儿阳光，有点回光返照的春阳劲儿，嫩生生地洒遍了村庄。

爷爷手拎着一把镰刀打算去收割谷子，走时没有忘记，悄悄地往自己的衣兜里塞进一个小酒瓶，爷爷自以为这事儿做得神不知鬼不觉的。

奶奶手里拎着个玻璃罐头瓶子，瓶里盛着她为爷爷熬好的罐罐茶，茶还有点烫手，奶奶在瓶底垫了一块湿毛巾端着，嘴里呼呼地吹着气。

奶奶站在厨房里，眯着眼睛，悄悄地看着爷爷往兜里装小酒瓶，奶奶没有揭穿他，她自言自语地说："这棺材瓢子，总忘不了喝那个猫尿。"

奶奶说话时，嘘嘘地漏着风，她的牙齿多数都已掉光，只留下两三颗前门牙坚守阵地，说话时让人听着不太真切，而且还有点鼻音过重，奶奶嘴里老是哩哩啦啦的，像噙着满嘴的唾沫，舍不得下咽的感觉。

那天，爷爷和奶奶在收割谷子，满地全是黄灿灿的谷穗儿，耷拉着头垂到了地上，沉甸甸的，一副谦虚过度的样子。那群馋嘴的麻雀，扑在谷穗上，狠狠地啄食着。

奶奶用一根棍子拍打着身边的稻草人，说："让你看个谷子，都看不好么。"

奶奶的言语中，像是在嗔怪爷爷一样。然而，她的眼神中流露着浓浓的爱意。

随后，奶奶抡起胳膊，嘴里喊着："吆哟，勿食，哟吆，勿食。"也许是声音太小，麻雀儿呼啦一下飞到地边的树枝上，冷眼观望了一阵子，又飞回来低着头啄食。

爷爷从地上捡起一个土疙瘩，顺着麻雀集中的地儿扔过去，还没来得及喊一声，那些麻雀拍打着翅膀，一下子飞远了。

爷爷弯着腰，用劲儿刈割着成熟的谷子，谷子一溜儿顺势倒下，奶奶在爷爷身后，捡起一络儿长的谷杆儿，拧成一络绳子样打捆，一会儿，地上便放了一排排，如同倒下的兵。

爷爷趁奶奶不注意，悄悄地拧开了小酒瓶，呡了一口小酒，浑身都舒坦地抖了两下。

奶奶一手拧谷杆儿，笑眯眯地用食指点了一下爷爷的额头说："又往你那个老鼠窟窿眼里倒猫尿了？"

爷爷满脸幸福地说："喝点舒坦。"

奶奶踮着脚，越过一个个谷茬，为爷爷端过罐罐茶，顺手取下捂在瓶上的毛巾说："趁热喝吧，喝这个带劲儿。"

爷爷接过奶奶的茶，满脸的褶子里都荡漾着幸福。

奶奶从兜里掏出了那个可以放出声音的"戏匣子"，悄悄地打开了。那是孙子从外地给她买回来的，她双手抱着侧放在耳朵边试了试，拧了一下开关键和音量键，对爷爷说："又到了播秦腔戏的时间了。"

爷爷赌气般说道："又听那个孙存蝶的《拾黄金》，都听了八百多遍了，还听！"

奶奶一听见爷爷的嗔怒，扑哧一声笑着说："看把你老棺材瓢子酸得。我就喜欢听孙存蝶。"

爷爷说："那你怎么早不嫁他呢。"

奶奶气也涌上来了，说："早想嫁呢，可惜人家不认识我。"

爷爷一下子自豪起来了，说："我就说嘛，你再热乎还不是剃头担子一头热呢？"说完，往手心里吐了一口唾沫星子，抡起镰刀收割谷子，谷子儿又一排排顺势倒下。

奶奶生气了，奶奶一生气便不理爷爷，不跟爷爷说话，她故意将"戏匣子"的声音放大了，其实爷爷也爱听秦腔，他是见不得奶奶那个迷恋的劲儿。

爷爷累了，爷爷坐在一捆谷子上，熟练地拿起小酒瓶儿，仰起脖子，"吱儿"地响了一下，爷爷很响地吧嗒着嘴，咂摸着嘴，用手还摸着那一络白胡子，似乎还在回味那个酒香。

爷爷偷偷地瞅了一眼奶奶，知道她憋不住，会说他"又往你那个老鼠窟窿眼儿里倒猫尿了"。

可是，奶奶却憋住了劲儿，绷着脸不言语，爷爷知道，奶奶生气了。

爷爷悄悄地走到奶奶身后，背过身子洒了一泡尿，侧着头，想让奶奶说点啥，奶奶依然不声不响。

爷爷这下急了，爷爷把红色的裤带儿绑紧后，火急火燎地说："哎呀，蛇，有蛇。"

奶奶听到蛇，一下子急得跳了起来问："蛇，蛇在哪里？"

说着冲着爷爷这边倒过来，爷爷一下子哈哈大笑着说："丫头片子，这不还是说话了嘛？"

奶奶知道自己上当了，用手去捶爷爷，爷爷一下子攥住奶奶的手说："丫头片子，歇会儿。人老了，不中用了。"

爷爷这一说，奶奶也感觉到腰有些酸疼。

这爷爷奶奶，老了老了，却有点老不正经了，爷爷叫奶奶丫头片子时，奶奶心里其实非常受用的，心里头喜欢着，嘴上却说，这老不正经的。

可爷爷从来不在儿孙们跟着这样叫奶奶，爷爷叫奶奶："老不死的。"

奶奶称呼爷爷叫"老棺材瓤子"。

爷爷和奶奶也经常斗嘴，斗得狠了，奶奶就踮着脚儿，腋下夹个小包袱，拄着拐棍儿，气鼓鼓地说："我走了。"奶奶嘴上说："我走了，留你老棺材瓤子一个清闲去。"奶奶等爷爷拦住她，可爷爷却偏不。

奶奶离家出走了。

爷爷慢悠悠地说："老不死的，走就走，谁怕你走了不成？"爷爷捋着胡子，将白亮亮的小酒盅端起，又"吱儿"地抿一口，吧嗒地咂摸着味儿。

孙子们对爷爷说："爷爷，我奶奶说她走了。"

爷爷说："让她走，走了五十多年了，一辈子还在嘛？"爷爷知道，奶奶其实是想女儿了，也是想在我姑姑家住一两天的。

奶奶在姑姑家住了一两天，就不停地念叨着："二丫儿，老棺材瓤子，最近不知道好着吗？我昨晚梦见雪下得挺大的，天地一片白了。"

姑姑知道奶奶惦念着爷爷，就将奶奶送了回来。爷爷就笑，笑得非常幸福。

爷爷和奶奶闲着没事的时候，儿孙们没在跟前，他们就讨论谁早走，谁晚走的问题。

爷爷说："丫头片子，我比你大，应当走你前头。再说，我比你劲儿大，据说阴间地皮也贵些，我提前给咱占地儿，等你来，咱在阴间还是两口子。"

奶奶唏嘘着，将嘴一扭说："老棺材瓤子，哼，阳间的罪我还没受够吗？阴间我不找你，我找个唱秦腔的，给我解闷儿。"

爷爷不满地撇一下嘴说："就那么个秦腔小生，让你记了一辈子啊！"

奶奶又抿着嘴不说话了。其实，爷爷知道，他又犯了忌讳。据说，奶奶年轻的时候，在县剧团唱秦腔花旦，认识了一个唱生角的小伙子。可太姥爷是个认死理的主儿，他说，戏子无义，这是公认的。怕奶奶跟着戏子吃亏受罪。

硬是将奶奶从剧团拉了回来，嫁给了爷爷。后来听说那个生角，领着剧团另一个花旦私奔了。

爷爷从来不在奶奶跟前提这个人的，这老了老了，醋劲儿怎么还大了呢？

爷爷见奶奶又不说话了，笑呵呵地用食指刮一下奶奶皱纹丛生的鼻头说："丫头片子，脾气比年轻时还大了。我不过随便说说而已嘛。"

奶奶又绷不住，笑了。然后话题又继续了，奶奶说："我要走在你前头，留下我一个寡淡。"奶奶嘴里的寡淡，孩子们听不真切，都说奶奶说的是挂单，其实，意思都是一样的。

这日子像水一样一点点淌过了。

爷爷还真走在奶奶的前头了，奶奶一个人沉默不语了。家里的供桌上，爷爷在照片里总是笑呵呵的样子，奶奶隔三岔五地对孙子们说："如果去城里，给你爷爷买些酒。"

孙子们笑问奶奶，怎么不说猫尿水了，奶奶抿着嘴说："老棺材瓢子，喜欢喝让他喝吧。"

奇怪的是，奶奶那么爱听秦腔戏的人，自从爷爷去世后，突然间不听戏了，她把"戏匣子"锁在柜子里，再也没拿出来过。孙子们都说："奶奶，你一个人怪孤单的，听'戏匣子'吧！"

奶奶自言自语地说："老棺材瓢子不喜欢。"

孙子们都疑惑了，奶奶这是怎么了？

老事儿

　　庄畔下的崖边，忽然从山里边钻出来了两条铁轨，明晃晃地伸到了天尽头。那时候瓜（傻），只知道远到头了就是天尽头了，长大后明白了，再远还是有尽头的，这宝中铁路起始是宝鸡尽头是宁夏的中卫了。

　　冬天的上午，太阳光洒在屋顶的雪上面，锋利的刃子般把硬硬的雪割开了无形的口子，滴房檐水了。这时候，可以尽情玩了。菊兰、伍六一和我，滚铁环、打沙包、踢毽子。玩累了，就坐在我家窗户下玩抓杏核、抓羊拐骨了。爷在炕头瘫着，不能自己走动，我不能走远了，我们就在院子前面的空地上玩，爷喊一句："臭女子，给爷端些水来。"婆就数落着："喝么多水做啥，别端水了，换了三条裤子了。"

　　我悄悄把水端进去放在爷的手里，趁婆张口数落的当口儿，早溜出门了。

　　不知道谁提议的，要去铁轨上学唱戏，那时候，铁轨仅仅是个轨，还在铺设中，没火车呜呜地鸣叫。我们就在铁轨上训练走一条线，张开双臂，比谁走得快走得稳。

　　我心里装着爷的事儿，怕婆又骂死女子，不知道给牛添草给鸡喂食，光知道玩。我总是从铁轨上掉下来，掉下来也不怕，反正摔不倒，上去继续走。

菊兰走得最好，她说这才是秦腔戏子训练身段的好办法。还别说，菊兰苗条的身材风摆柳条般好看。伍六一仅次于菊兰，他步子大而且稳，他有时候明明走得很稳当，快超过菊兰了，像是故意掉下来，再上去自然是跟不上菊兰了，我为他惋惜，他却憨憨地笑。

菊兰爱唱戏，她是跟着她娘学的秦腔戏，秦香莲是她的拿手好戏，别说，八九岁的人，能张口唱得一板一眼，连眉梢都带着感情。得有一个搭档配戏，戏中的陈世美是个男人，就得伍六一去扮演。菊兰教，伍六一一遍学不会学二遍，直到后来，能唱一大段。菊兰教的唱词腔调对不对，我们不去细究，我老学不会，一张腔就觉得气短，头晕。

我要帮婆照顾爷，叨空了跟着他们三个去铁轨上走一条线，实在分不出身了，他们两个便去了。

伍六一的秦腔唱得越来越有味道，他走得那步伐和舞台上的秦腔演员真有一拼，大家都说，这娃将来是个好戏子。

我刚上初一时，伍六一转学了，他爸从乡中学调到县城教书了，全家人都搬到县城里住了。我再也没有伍六一的消息。

菊兰初中毕业后就去县剧团学戏了。那时候，我顾着埋头学习了，见到菊兰和伍六一的时间少得可怜。

大四快毕业的那年寒假，我忙着写毕业论文和找工作。突然接到了菊兰的电话，她在电话那头哭得一塌糊涂，我只恍惚中听到伍六一，殁了。

怎么会，我爷病在炕上多少年了，这还好好的，伍六一年纪轻轻的，不可能啊。想从菊兰那儿问出话来，听到的只有大声号哭了。

我打电话向我妈求证，我妈说："那瓜娃，卧轨了，一村庄人都觉得恓惶，伍六一家的天塌了。"我妈惋惜的牙缝里直冒冷气，说伍六一安埋在了老阙里，她妈跟着回了老家，说要多陪儿子一些日子，我妈隔三差五去陪着她，她人都瘦成一把干柴了。

后来，见到菊兰，她整个身子抖动着，哭诉着整个事件的过程。

转到县城中学的伍六一，品学兼优，时常偷偷来剧团看菊兰。剧团的训练苦，伙食跟不上。伍六一总会想办法，要么提些鸡蛋臊子饸饹或者面皮、臊子扯面。总之，那时候，沉浸在初恋中的两个年轻人，把未来描绘得无限美妙。

菊兰就把偷偷学来的生角戏给伍六一教，伍六一在这方面还真有天赋。

菊兰就说，我不想做秦香莲，你也不要学陈世美，将来考上了大学，不要把我抛下了。

伍六一就拍着胸脯保证说："怎么会呢？我是堂堂男子汉，怎么会做这种事情呢？"

事情总会向着人无法预料的方向前行，伍六一进入大学后，身高一米八五的他，篮球打得一级棒，文艺范儿也十足，关键是他的秦腔戏唱得好，学生们青睐，老师们也有了一个得力的助手。

伍六一在大二就顺利地当上了学生会的主席。为了维护他在学生老师心目中的美好形象，他和菊兰的恋情没有人知道，但好多女生开始八卦他，说他每月会收到县城来的信，一看字体八成是女生。

他就给菊兰说，他想好好学习，不要再来信了，会有很多麻烦。

菊兰偏不，一周一封信，比以前写信更勤了。伍六一回了一封长达十页的信，表明了自己的志向，之后，便不再回信了。菊兰就去伍六一的学院找他，当她打听到伍六一的教室时，齐刷刷的目光刀子般，把她割疼了。真正割疼她的，是伍六一的那句话，你别逼我。

菊兰什么也没有说出口就含着泪水回家了。这是她最后一次见到伍六一。

　　菊兰的到来，并没有影响伍六一的形象，还有好多女生向他抛出橄榄枝，伍六一表面上波澜不惊，内心却翻江倒海。

　　那年寒假，伍六一第一次坐在铁轨上，铁路警察把他父亲叫去，把他领回去了。第二次，菊兰见到他时，伍六一的身子已经凉了，菊兰吓坏了，就拍着他的脸说，伍六一，你醒醒，你起来，你的玩笑开大了，伍六一再也没有醒过来。

　　菊兰肠子都悔青了，她哭着说，其实伍六一高考分数出来的那一天，我就没打算嫁给他！

電影 1987 年的

1987 年，10 岁的我，已经上小学四年级了，那时候，我们天天心心念念的马叫成，他是乡村电影放映员。每月轮流给全乡各个村放电影，刚开始，记得他骑一个二八大杠，自行车后面绑着一台黄绿色包裹的放映机，一个箱式扩音喇叭和一卷白色银屏。那时候，全是土路，从我演峪山那个陡峭的坡推上来，他的头顶都冒着热气。

没有其他娱乐方式的我们，经常在他必经的路上，玩一种游戏，六到八个人，分成两组，玩叫谁来的游戏，有点像对歌，又有点像相声里的逗哏和捧哏，老远地看见马叫成上来了，第一组大声喊：迎春花儿开得像喇叭，叫谁来？第二组对：叫马叫成演电影来，又喊：公鸡打鸣喔喔叫，叫谁来？第二组回答：叫马叫成演电影来。马叫成离近时，我们便四散往村子里跑，边跑边大声给村子里人报信："马叫成来了，马叫成来了。"村子几乎无人不知晓马叫成，马叫成是电影的代名词。

后来，马叫成换了一辆二手军绿色偏三斗摩托车，他把放映机和扩音喇叭一齐放进偏三斗里，摩托车在那时候都很少见，更何况这个偏三斗，其实，现在知道了，这叫侉子偏三轮。那时候，只要听见"突突突"的声音传来，八成是马叫成来放电影了，它偏三斗"呜"一声，一股淡紫色的烟从烟管里喷出来绝尘而去，青墨说，这汽油味儿都这么香。

我们都捂着嘴笑，都说这味道这么臭，你是不是想嫁给马叫成啊？青墨就哭着跑回家，说我们欺负她。

马叫成那时候就很时尚，他将头发烫成卷发，本身个头高，他来时还穿喇叭裤，牛仔服，整个人就是好多适龄不适龄女子心目中的帅哥。村里有好几个姑娘都想嫁给她。

青墨和我同岁，是我家出了五服的姑姑，那时候，我就觉得不服气，本来都同岁，叫姐姐妹妹也可以，为什么竟然还要大一辈。那时候太瓜（傻）了，我们玩的时候，我就对青墨说：你看，咱俩年龄差不多大，我把你叫几天姑姑，你得把我叫几天姑姑。于是，我俩就换着叫姑姑，耍得也挺好。可这事儿被青墨的爷爷发现了，他可是我们张姓家族里的"霸王"，动他无异于太岁头上动土。

那天，他带着青墨找上门来，讲明缘由，我爸我妈好话说尽，并给青墨爷爷搭上一串红辣椒，这才平息了这场风波。青墨爷爷走后，妈妈只说了句："以后可不敢再胡耍了。"我婆却不依不饶地骂我："没有家教的东西，辈分怎么能随意改呢。"

这件事情之后，我也不知道为什么，我老躲着青墨，因为我怕我家再赔上什么东西，还有我婆那个骂，真挺狠。

青墨找其他小朋友玩，大家也都躲着她，因为，我们之间，以前这种过家家的游戏，都有过类似的情况，都害怕青墨的爷爷再次找上门来，他们家会损失什么。在那个物资匮乏的年代，哪怕是一个柿子，都不能损失的。大家觉得青墨就是我们小朋友当中的叛徒。

看着青墨落寞孤独的背影，我有时候真想原谅她。但一看到家里房檐上少的那一串红辣椒的缺口，我的脚又走不动了。用那时候最时兴的话叫，我们俩又臭了。以前我俩臭了，也只是两三天的事情，我若觉得理亏的是我，我会主动给青墨半块苹果或柿子，她如果觉得对不起我，会给我半块馒头，我们又会和好的。

这次，一掺和大人，我俩是真臭了，那段时日，我们不再一起去喊马叫成。青墨的书里夹了一张纸条，纸条上写着：我好想长大，长大之后，我就可以嫁给马叫成，可以天天跟着他看电影。

结果这张纸条被好事的同学拿出来在教室里念，青墨哭得眼睛都红肿了，我好想安慰一下她，但想起那串红辣椒，我又一想，活该，真是痴心妄想。

可每次看完电影时，我总是不由自主地想和青墨交流一下，想和她互相讲一下那些有意思的情节。我不知道青墨回家之后，每天都干什么。

后来，青墨上到六年级就辍学了，她爷爷说，一个女娃娃，识再多的字，将来还不是人家的一口人，那时候，对辍学的学生，老师派我们几个人去她家叫她来上学，她爷爷拿着拐杖将我们打了出来。

我上初三时，由于全乡就一所中学，家离中学很远，我住校了。

春天的一个周末，我回家时，我妈说青墨竟然跟着一个南方养蜂人跑了。起因是她爷爷做主，给她在同村订了一门亲，青墨看不上那个男孩，说不及马叫成长得好看，然后偷偷跑的，妈妈说，那个养蜂人村里好多人都见过，个子也不太高，就是穿个牛仔服，头发卷卷的，一看都不像个好人。

我说："青墨还不到十六岁，怎么会这么早订婚呢？"

我妈叹了一口气说："谁能拗得过她爷爷呢？"

不过，自此之后，我再也没有见过青墨，我妈说，有一年，我在宝鸡上中专时，青墨手里拖一个儿子，怀里抱一个女儿回来了。穿得也一般，没有想象中的大富大贵，回来还不敢回自己家里去，怕挨她爷爷的打，我妈把她收留在我家里，她妈妈偷偷地每天来看她和孩子。青墨不敢回家，最后去邻村她姑姑家待了几天，就匆匆忙忙回去了。

我自语道："她有没有天天看上电影呢？"我妈说："养蜂人的日子，天天在山里面与花草为伴，哪能有电影可言呢？"

后来，据说，他爷爷去世二周年的时候，青墨回来了，她哭成了泪人儿，嘴里嘟囔着："爷，你睁开眼睛看看，都是你害的呀？"

麻食

　　妈妈挽起袖子，将面盆里的软面揉了又揉，随后又坐在灶火前的木墩子上，她往灶火里添了一把干麦草，划一根火柴塞进干麦草里，火呼啦啦一下子着了，火苗亮堂，一缕青烟跑出了灶火门，妈妈顺手操起小铁碳锹，将一锹细煤倒进正在燃烧的火上，顺手拉了一下鼓风机的开关绳，鼓风机呜呜地响起来，灶火的火也随之大了一起，妈妈顺手又添一把玉米芯，这才关了火门。

　　她又开始往锅里再添了五马勺水，我们这里的人，把铁制的大瓢叫马勺，因为它的确很大，感觉像用来给马或牛来添水的。

　　接下来，妈妈拎起油黑色的土陶油壶，往后锅里倒了一些油之后，妈妈又捉起菜刀开始切菜了，胡萝卜、豆腐、豆角都切成小丁，油刚冒热气时，妈将切好的菜倒入油锅里，顺手拿起锅铲翻搅着，滋啦滋啦的油炒菜的声响，一股浓郁的香味直扑人肺腑。

　　妈妈这一连贯的动作，是她做饭的程序。

　　婆在门外的浆窝里砸核桃仁，随着浆锤的上下锤打，核桃仁一点一点被扎成了沫，甚至还浮起了一层核桃油。

　　婆说："今天赶紧吃，小心那老婆又来了。"

　　妈妈说："我昨儿后晌在磨坊磨面时见我婆家磨面了。"

婆说："她就是磨面了也懒得做，还是会到咱家来吃，不给吧，咱都吃着，让人是个礼，一让她还真就端着吃了。"

妈妈："同样的面，她不会做也是个大问题。"

妈妈说这话的时候，她正在草帽檐上搓麻食。一个个麻食像极了南方的贝壳，已经铺开了半边案板。

妈妈和婆有一搭没一搭地扯着闲话的时候，对门的巴婆，她比我婆还高一个辈分，她佝偻着腰，手里端着碗，脚上靸着一双黑布鞋，又来了。

那时候，我们还小，看见她倚着我家厨房门，用拇指和食指将鼻涕擤在手里，抬起脚来抹在鞋底，我心里的怒火早已经升腾起来了。

妈妈还是很客气地问候了一声："二婆，你来了。"

巴婆用浓重的甘肃口音说："把你家醋给我借一碗。"

妈妈看出了我的反感，她说："娟，去上房抽一壶醋来。"我极不情愿地接过她手里的那只黑色陶土碗，走时还不由得白了巴婆一眼，在心里骂了一句："真脏。"

那时候，都是自己家用炒过的麦子、高粱、黄豆发酵的醋，醋瓮放在婆的那间房子里，我只需要把瓮底的管道上堵着的塞子取了，醋会自然流出来，随后再用塞子堵上就可以了。

我晃晃悠悠地将一碗醋递给巴婆，我想着，她是不是该走了。

谁知，她竟然又随即坐在了我家厨房门槛上，开始讲她的孩子，说，宝花这没良心的，这一跑都三年了，还不知道活着没有，都不知道心疼老娘。我知道，她这一扯，估计瓜儿短蔓儿长的，不知道又说到什么时候了。

妈妈将麻食已经舀到每个人的碗里了，她还没有走的意思，妈妈又给她舀了一碗。她边吃边赞叹："粉丹这麻食搓得好，也入味。"

直到午饭吃完了，巴婆这才端起碗里的醋，靸着鞋走了。

我学着她的样子，故意把鞋后跟靸在脚下，不往脚后跟提，一瘸一拐地学着巴婆走路，来表达对她的不满。

婆呵斥着："把鞋提上，一个女子，把鞋靸着，将来谁还敢娶你。"

我故意嘴硬："我不嫁人。"

婆叹口气说："这你巴婆，借了多少回醋了，从来没见她还过。下次来，不给她借了。"

隔几天，巴婆又靸着鞋来了，借玉米面，婆也是从来不说一声，又给一碗。总之，她每次来的时间都很巧，刚到饭点的时候来借东西，无论是我们做的搅团漏鱼还是面条，哪怕是稀粥，巴婆都是吃了再回去。

事后，婆又在我们面上说："再也不借了，从来没见还过。"

我故意大声说："婆，环在门上吊着呢。"

婆气得故意拿起笤帚赶我，我早已跑得不见了踪影。

姥姥的遗愿

　　姥姥细瘦的手腕，青筋突起，褐色的老年斑是岁月留下的印痕。她的手指已经伸不直了，粗砂纸般在空气中摩挲着，嶙峋的老手，总像抓住点什么？孩子们依旧在猜测，姥姥最后的遗言是什么？

　　母亲将耳朵贴近了姥姥的嘴边，依旧听不懂姥姥在说些什么。

　　越笛轻轻地掀开姥姥的红木箱子，从里面取出一匹蚕丝绸，将姥姥的手轻轻地挪过来放在了丝绸上面，姥姥像从梦中醒来了一般，拽住丝绸一角摩挲着，像蚕宝宝咀嚼桑叶的声音漫过每个人的耳膜。

　　姥姥微笑着闭上了眼睛，安静而祥和，睡着了一般。

　　葬完了姥姥，母亲自责地对越笛说，我竟然忘了这茬，你姥姥养了一辈子蚕，做了一辈子丝绸，临走肯定挂心的是这手艺没有人继承，幸好你想到了。可是，要怎么才能让姥姥的灵魂安生呢？你这大学毕业后，肯定会到成都呀北京呀上海这些大城市去发展的。

　　越笛笑着说，妈，我心里有数，您不用太担心。

　　越笛从懂事起，就跟着姥姥、姥爷一起采桑叶喂蚕宝宝，她最喜欢听蚕宝宝吃桑叶时发出呼哧呼哧的声音。

那时候，别的小朋友都去玩游戏，可她就喜欢待在蚕室，一待就是一整天。

后来，稍大一点，放学回家，她就跟着妈妈晒棉兜，把一个个棉兜系在竹竿上，挂在院子里晒干，她总是坐在一排排棉兜下，眯着眼朝天空看，翠蓝的天空下，一排排棉兜如同朵朵白云，好柔软。

姥姥总告诉她，每片桑叶，每一只蚕，每一个茧，都是有生命有灵魂的。它们有着自己独特的气质。姥姥讲这些的时候，母亲总不耐烦，会打断她说："啥子嘛，蚕就是蚕，茧就是茧，还气质，灵魂，你不要说得太邪乎了。"

越笛和母亲不同，她喜欢听姥姥讲这些，虽然她听得一知半解，甚至说糊涂，但她却喜欢听。

越笛大学选修的非物质遗产保护方面的课程，虽然是选修，但她却比任何人都认真和努力。

她和教授探讨过这个问题，对手工蚕丝绸技艺的保护。姥姥在的时候，对蚕茧的选择、煮茧火候的掌握，拉棉力道的控制，都不能有一丝一毫的马虎，这些，对于越笛来说，都如获至宝。

越笛大学毕业后，好几家外企出高薪聘请越笛，她都放弃了，执意考到县文化馆，从事非遗保护和传承的工作，这一切，都是瞒着母亲做的。等一切条件都没有办法更改的时候，她才告诉了母亲，母亲为此哭了好久，她说，我白供你上大学了。

越笛利用闲暇时间养蚕，她的春蚕，白白嫩嫩的，成茧大，出丝长，丝兜丝块少，丝拉得又均匀，撮起来清清爽爽的，特别舒服。后来，经过越笛的努力，这一工艺被列为省级非物质文化传承项目。

母亲对越笛回来依旧耿耿于怀，越笛却不以为然地说，咱们这里有我的根，再说，我大学上的是农学院，回到咱这中国桑都来，这才是我真正的归宿地。

其实，越笛上大学走的前一晚，姥姥跟她讲了一个故事。

姥姥声音轻轻地说，笛呀，姥姥跟你讲个秘密。姥姥当年喜欢养蚕，都是跟着你小姥爷学的手艺。当年，你姥姥那可是大家闺秀，读书，画画，绣花，根本不管田里的事情，你大姥爷用马车去外县拉一车桑树苗，被一场泥石流卷走了。

那时候，你舅舅已经三岁了，你母亲在我肚子里七个月了，我哭天天不应，叫地地不灵。你小姥爷就顶着压力说，嫂嫂，你别怕，有我呢！

你小姥爷就提出和我结婚，她说，娃儿们是哥哥的骨肉，应当他来养活。

你太爷不同意啊，他讲了，这成何体统，长嫂比母呢？再说，你拿什么养活呢？让你嫂子把娃儿生下来，让她就走吧！你小姥爷顶嘴，长嫂比我还小两岁呢，再说，我可以种桑树，养蚕，做丝绸来养活他们。他顶着断绝父子关系的压力，硬是和我来过了日子。后来，我就跟着你小姥爷从种桑树开始学起，你小姥爷人实在，心眼好，模样也好，我心里头揣着感动，总觉得每一片桑叶都像一颗颗心，越看越喜欢，越看越爱，就好像那些叶子和蚕宝宝都在对我说，妹妹哟，这就是你的好日子哟！这样，日子就有了盼头，我想要给你小姥爷生一个他亲生的娃儿，他说了，哥哥的娃儿就是我的娃儿，他们就是我亲生的。你小姥爷做出的第一匹丝绸要给我做衣服，我哪里穿得了那么好的蚕丝绸，一直压在箱子底，连你妈妈都没讲哟。遗憾的是，你小姥爷还是走在了我的前头，我就是想把这手艺传下来的。

后来，那块丝绸就一直放在姥姥和姥爷的遗像下面，一直没动。

　　云奶奶穿着华衣锦服，眯着眼笑微微地坐在儿孙们中间，神态安详而平和。一缕阳光从窗外溜进来，斜洒在云奶奶的绸缎衣服上，明亮而温暖。

　　突然，云奶奶的身子向后倒去，一口血喷涌了出来。

　　今天是云奶奶八十大寿，孙儿们都一齐哭喊着，生日现场一下子乱成了一锅粥。

　　孙子孝纯急忙抱紧云奶奶，让她平躺好。然后，他开始给云奶奶把脉，开药方。药抓好，并亲自看着，给云奶奶一口一口地喂下去。

　　云奶奶像睡着了一般，儿孙们都心急如焚。已经三天了，云奶奶的症状还不见好。

　　骁勇急了，他当着众人的面，一把将守在云奶奶身边的孝纯拽起来，抓住他的领口质问："你说，奶奶什么时候能醒过来？"

　　"奶奶这是急火攻心，湿邪入侵，我打算再给奶奶施以针灸，过几天奶奶就能醒过来。"

　　从骁勇身后走出了一个人，他拿起药罐里还未倒掉的药渣看了看说："药里面的黄芩、黄柏、知母这些大寒之药，有损老太太身体啊，老太太年纪太大，寒凉之物怎么受得起，依我看，老太太这是寒湿。寒湿之邪停留于脏腑，要选用入脏腑的化湿或者燥湿药。如藿香、陈皮、半夏、厚朴等。"

看来这是大哥请的医师了。孝纯急忙解释道：知母既能清实热，又可退虚热，但它滋阴生津的功效较弱，用于阴虚内热、肺虚燥咳及消渴等症，须与滋阴药配伍，始能发挥它的作用。配以黄芩，则泻肺火；配石膏，则清胃热；配黄柏，则泻肾火。奶奶最近便秘，本品能润燥滑肠。我保证，不出五日，奶奶就能醒过来。

"说得比唱得好听，我看你是成心害奶奶死，好继承她的财产。奶奶一辈子苦心经营她的绸缎庄，我绝对不会让我们家的财产落入一个外人手中。从今天起，你不许再靠近奶奶一步，奶奶的治疗由欧阳医师负责。"大哥看来是铁了心不让孝纯给奶奶治病了。

"大哥，你相信我，我再施以针灸，奶奶很快就会醒过来的。"孝纯急忙解释道。

骁勇冷笑道："相信你？你让我拿什么相信你呢？谁都清楚，你是奶奶捡来的孩子。奶奶对你有恩，你却恩将仇报。"

"虽然我不是奶奶的亲孙子，但奶奶视我为亲孙子，受人滴水之恩，当以涌泉相报，再说，奶奶给我的是再造之恩，我怎么能不救她呢？作为一名医师，治病救人是最基本的道理，更何况是奶奶呢？大哥，我求你，我保证不出三天，奶奶就能醒过来。"

"来人，把他给我关起来，不许再让他踏进奶奶房间半步。"骁勇命令人把孝纯拉走。

孝纯大喊大叫不肯就范。姑姑说了句："骁勇，我记得孝纯从小爱干净，每天要换手绢，这个要求能满足他吗？"

"姑姑，可以，但我每天必须检查手绢。"

"好。"

孝纯被大哥关进了中药铺子里，不让他出来。第一天，收到手绢，他用酒精将其浸泡，随后，出现的几个字，他便在手绢上写好，默默地等待第二天的手绢。

七天过去了，还没有听到奶奶苏醒的消息，孝纯还真有点坐不住了。

突然，门被打开了。姑姑命人将孝纯带到了奶奶房间，姑姑大哥他们都在，欧阳医师也在场。孝纯这次却不慌不忙地给奶奶号完脉，他走到了药罐旁，拿起药罐旁的一包药渣问欧阳医师："敢问欧阳医师，半夏是何用意呢？"

欧阳医师嘴角微微上扬，一丝不易察觉的笑意掠过，他不慌不忙地答道："老太太虚而有痰气，用之化痰。"

"半夏性燥有毒，多以贝母代之，敢问你用半夏的剂量是多少呢？"孝纯紧紧逼问。

"半夏辛而散，行水气而润肾燥。如果超过五钱是毒，用三钱就有益。"

孝纯总感觉到哪里有问题，却被欧阳医师的话驳回来了。大哥咄咄逼人地问："你自己技艺不精，还敢在这里胡乱猜疑吗？"

突然，屋角一个烹煮的砂锅引起了孝纯的注意，他问："请问这是什么？"

欧阳医师道："那是给你奶奶进补的食疗乌龟汤。"

孝纯端起砂锅，他终于明白了事情的原委。

他说："我知道了，欧阳医师，这乌龟汤是不错，但这是陆地乌龟，陆龟不下水、喜爱植物性食物。一般可食用叶菜、高丽菜、胡萝卜等蔬菜，配合营养剂来喂食。你们给它的食物里掺杂有半夏的叶子来喂，长此以往，这只陆龟身体已经具有毒性，和你开的三钱，早已超过五钱了。"

"你信口雌黄。"欧阳医师气急败坏地甩了一下长袖。

"你不要胡说，你可有证据。"大哥咬牙切齿地问。

"有，把喂养乌龟的贾心带上来。"

骁勇一点点往后退去，欧阳医师瘫软在地上了。

云奶奶却在姑姑的搀扶下起来了，大家都欣喜地说："奶奶醒了，奶奶醒了。"

骁勇停在那儿，他惊喜地说："奶奶你醒了，看来欧阳医师的药还是很有效的啊！"

云奶奶厉声呵斥："来人，把这两个败类给我各打三大大板。"

"奶奶，我冤枉啊。"

"冤枉你，欧阳医师的乌龟汤和药我是一口没服，我服的是孝纯给我开的药方。你们想让我老太婆早早去见阎王，你们的如意算盘打错了。"

"怎么可能，孝纯不是被关起来了吗？"

"可是他把药方写在手绢上送出来。还是你亲自送给姑姑看的呢。"云奶奶微微笑着说。

偏方

杏林堂石大夫家的中堂挂着一幅画，画里是一个采药的老头，中堂下有一方形供桌，供桌上摆一烛台，香炉里云烟袅袅。

小时候，我们总悄悄站在他们家高高的门槛外，侧着身子探着头，好奇地看着石大夫手往病人的腕上一搭一号，然后用毛笔开方子，有个小伙计总是不声不响地抓药。病人总是带着愁容而来，等药抓好后，千恩万谢，病似乎好了一大半。

我回家问爹，爹，石家中堂画里的老头是谁呀？为什么还要供着呀？

爹一会儿说那是华佗，一会儿说是扁鹊或者孙思邈，总之，就是行医看病的人。

我似懂非懂地点头，好奇心更重了。我经常去找石方玩，他们家全是女孩，一共七个，石方和我大小差不多，大家都叫她老七，我们也就习惯了，跟着大人们叫老七。

老七的娘每天带着她忙着给他父亲的药店炮制中药，院子里就成了我们的天堂。

他们切、晒、烤、炒、熬、碾，好多像木棍一样的药材就这样被装进了袋子里，他们家总有一股浓烈的中药味道在村子上空弥漫，好多人嫌苦，不喜欢，我却特别喜欢闻各种中药的味道，老七也喜欢。有时候，我们还可以帮大人的忙，比如拿个筛子呀，帮忙翻晒药材呀。大多数时间，我们俩偷偷溜到石大夫看病的地方，面对那个枣红色的药柜子充满了兴趣。我们好奇药柜里那一个个小抽屉，抽屉里再隔成几个方格，放置各种药材。慢慢地，药材多了之后，又逐渐发展成了"百子柜"，即药店的壁柜里有上百个抽屉，每个抽屉又分隔成四格，老药工们就在"百子柜"里按药方快而准地"抓药"。那药匣子很神奇，每个匣子里有四种药，药材名字都写在匣子外面，伙计总是根据药方打开抽屉，再拿个小戥子称量好，分成三到五份，然后抓好后，包给病人。我总是问老七，你说，那些药工不会记错吧？怎么能那么准确地记下药的名字呢？老七说，不会，那都是他们背下来记在心里的，记心里的东西怎么会错？而且每天都在抓药，早已熟能生巧了。我似懂非懂地点头，俨然一副小大人模样。我也对那个药柜子愈发好奇了。

稍微识得一点字，我们俩便能开始认出好多药的名字，什么三七、人参、山药、枸杞、干姜、厚朴、黄连，知母贝母等，总之，只要在学校里学得一点儿字，我们就去她们家中药铺子里找，找到之后，那种兴奋劲能高涨到天上去。

大人们都忙，根本没有人理会，两个小孩子在做什么。所以，我们俩便无师自通了先记住了很多的中药的名字。

渐渐地石大夫家的六个女儿都出嫁了，石大夫也老了，好多人都劝他，赶紧培养一个孩子，不能让这门手艺后继无人啊！

石大夫就摇头，他们家的祖训，传男不传女，他老婆一口气给他生了七个女孩子，没有儿子可以继承祖业，这也是石大夫的心病。

老七上高三那年，还没有毕业，石大夫突然病倒了，吃了好多副中药，病好后，身体大不如从前了。老七就宣布不去上学了，她放弃了考大学，回到了村子里，打算接替父亲的中药铺子，可是石大夫就是不肯教她。

我考上了大学，不用猜，肯定是选了中医。五年后，我从中医学院毕业后，留在省城。时光嗖一下就飘远了，我和老七几乎很少见面了。

据说，石大夫弥留之际，终于肯将中药铺子传给女儿，其时，老七已偷偷学会了父亲一大半的手艺，等父亲发现时，他的中药方子，而且她似乎有这方面天赋，号脉比石大夫还精准，石大夫觉得不能轻信一次两次，然后，他给病人号完脉，让老七也试试，结果，每次老七都号得又快又准。而且老七将每种药材的药性和辨证法应用得也很老到。这样，试了大半年，石大夫才肯将杏林堂交给老七了。

石大夫走了，老七刚接手杏林堂时，人们根本不信，一个黄毛丫头，能有什么经验，人命关天的事情，医不好不要紧，药死人怎么办呢？老七就免费给人看病，刚开始，免费也没有人信她。后来，听说她有一个家传的秘方。渐渐地，人们才信了她。她们家秘方是什么呢？我一直很好奇。

听说老七后来专攻妇科。人们都笑话她，说你父亲一辈子生了七个女儿。听人说，老七每次把药方开好后，就让人掀他们家门口的石碾子，想生男孩呢，就顺时针转，想生女儿呢，就去逆时针转。如果是不孕不育的呢，还要喝他们家井里的水。

据说，邻村有一个妇女，一连生了三个女儿，想要生一个儿子，按她的方子服药，果真生了一个儿子，她的名声就传播到了四邻八乡了，人们都纷纷来找她开药方。

有人就起了窍了，偷偷喝他们家的井水，或者偷偷掀他们家的石碾子，也没见什么效果。

我上门悄声问她，你们家的井水有那么神奇吗？她微微一笑说，要不怎么说偏方呢？她俯身耳语，这是治心病的，中医是调理体内阴阳平衡的，不是吗？我点头微笑。

七十刚过的她，将中药铺子交给上了中医学院的女儿，那个石碾子只是作为一个景观存在了，有一把大锁紧紧地锁住了。

第五辑

暗香盈袖

小满在打工回家的南河桥上，看到了戴墨镜的算命先生，他一时来了兴趣，就蹲下来问："你看看我啥时能结婚？"

算命先生问了小满的生辰八字，用指头掐算了一阵子说："在下个月月圆的晚上，你的意中人将会出现。"

小满知道算命的忽悠他，他随口回了句："狐仙啊！"

算命的要小满掏二十块钱，小满说："那不行，你这话说得模棱两可，谁知道是真是假了。"算命的不依，俩人在桥上拉拉扯扯好一阵子，最后，小满掏了十块钱，这事才算平息了。

小满回到了村口，看见连翘正弯着腰在地里挖土豆，小满一见连翘，似乎自动屏蔽了声音。

小满很想说："连翘，我好想你。"可他说不出口，他只能远远地望着连翘。

随后，见连翘直起了身子，小满又不好意思地将目光收回来，他怕连翘发现他在望着她。

小满心虚地从连翘身边走了过去。

他仰起头，长长地松了一口气，低下头的瞬间，他看见了连翘爹，连翘爹问他："小满啊，回来啦？大白天的看啥呢？"

"我，我看月亮。"小满猛然间被连翘爹这么一问，他结结巴巴地答非所问。

"这孩子，瓜啦！大白天的，哪来的月亮。"连翘爹将手背在身后，转身走了。

其实，连翘老远就看见了小满，她故意装作很认真的样子在挖土豆，连翘一直喜欢小满，可她不说，她要等小满来向自己表白，可小满一见到她，就像卡了壳，闷葫芦一个。

夏夜，十五的月亮，月光水一般在整个村庄流淌着，大家都坐在村头的大核桃树下乘凉，连翘见小满和红花在开玩笑，连翘也加入其中，她喜欢听小满说俏皮话。可是，奇了怪了，小满一看见他，便哑了声，连翘很是生气，但连翘生气不能让小满知道，连翘故意和王瘸子搭话。王瘸子靠在树干上正吧嗒吧嗒地抽着烟，他边抽烟边说："连翘，去过海南岛吗？"

连翘说："我爹不让我出去，就连去个宝鸡，他都怕把我丢了，海南岛在什么地方？"

"来来，哥给你说道说道，海南岛在我国的最南边，一年四季可以穿裙子，短裤，三亚你总该在电视上听过吧？"王瘸子凑近连翘跟前。

"海南真有那么好啊，难怪日本鬼子天天惦记南海呢？这怕不安全吧？"连翘皱起眉头，用手扇了一下王瘸子的烟味道。

"你瓜吧，海南那水，瓦蓝瓦蓝的，那槟榔树细高笔直，海南人称阿妹树。椰子树长得也笔直，但比槟榔树粗壮，叫阿哥树。哥以后叫你阿妹吧！"

"好啊！那你有机会带我去海南逛逛吧！"连翘故意拉长了声音，她用余光瞥了一眼小满，小满的眼睛里有妒嫉的火光在闪烁。

连翘在心里喜悦了一番，她故意气小满，谁让你不主动表白，我都等了你两年了，我爹给我托人介绍的对象，足足有一打了，可连翘没有一个中意的，后来，便没人敢上门了，人都说，连翘那娃心气高呢？

连翘在答应王瘸子的同时，她也后悔了，她怕小满真的误解她和王瘸子了，那她永远没有机会了。

连翘又把头转向王瘸子说："海南岛那么好，你怎么不留在岛上啊？"

连翘问这话，是问到了王瘸子的痛处了，王瘸子原来并不瘸，他去海南岛打工，喜欢上了岛上的一位姑娘，可是，姑娘的父亲死活不同意，他说了，等你会爬椰子树了，我再把女儿嫁给你，有一次，他上椰子树时，谁料，一阵台风刮过来，他从树上跌了下来，再也没有机会娶那位海南的阿妹了。

王瘸子今年已近五十岁了，他听了连翘的话，气呼呼地走了。

连翘知道自己说错了话，她不住道歉说："王大哥，对不起啊！"

不知什么时候，树下只留下连翘和小满了。

连翘满脸绯红，她想，小满该向自己表白了吧，谁知，小满嘴里嘟囔了一句："去个海南还不容易，一张飞机票就解决的问题，显摆啥呢？"说完，便也气呼呼地转身离开了。

其实，小满想对连翘说："如果你想去，我带着你，咱明天就可以去。"可连他自己也没想到，自己怎么就生了那么大的气，还说了气话，小满把肠子都悔青了。

连翘气得在他背后直跺脚，她见小满走远了，狠狠地说："小满，你会后悔的，我明天就找个人嫁了。"

小满抬头看了看树梢顶上的月亮说："月圆了，可是，我的狐仙在哪呢？"

后来，远嫁到海南的连翘，时常望着夜空发呆，她自语："小满，你个洋芋，我等的只是你的一个表白，你怎么那么死心眼呢？我一个西北的旱鸭子，怎么能喜欢岛上的生活呢？我感觉岛上的月亮都不及家里的明亮。"

三岁的女儿抱着一颗碗口大的椰子，轻声地问连翘："妈妈，洋芋是什么呢？和椰子比，甜吗？"

连翘叹了一口气答："洋芋学名叫马铃薯或土豆，是妈妈老家出产的一种食物，它虽然没有椰子汁甜，但老家人天天吃也不腻。妈妈下次去超市给你买。"

女儿突然指着天空喊："妈妈，快看，半个月亮升起来了。"连翘抱着女儿，突然间泪流满面。

有风的夜晚

柳叶妈轻轻地拨动门闩，生怕吵醒了正熟睡的丈夫万成，她想让他多睡一会儿。

万成的呼噜声，惊扰了蜷缩在炕角的大橘猫，大橘猫将两只前爪向前伸直，屁股高高撅起，伸了一个大大的懒腰，又抬起右爪子在嘴里舔了舔，似乎很认真地洗完脸，它这才从迷糊状态清醒过来，朝四周打量了一番，见万成还在睡觉，它"嗖"一下跳下了炕头，从柳叶妈刚打开的门缝里先她一步钻了出去，吓了柳叶妈一个激灵。柳叶妈骂了一句"死猫"。

天刚擦黑时，大橘猫在屋里叫个不停，万成就是不肯开门，还将门槛下给猫留的进出口堵上了，就是不让大橘猫出去。红砖院墙上，一只狸花猫也在疯狂地朝窗户内嘶叫着，像要被杀一般。大橘猫在家里急得团团转，它试了几次，想突围出去，没找到方法，就在玻璃窗台上走来走去。两只猫互相呼应地叫着，吵得人心烦意乱。

万成骂了一句："吵死了，再吵，把你们俩杀了吃猫肉。"

猫哪管了这些，只顾一个劲儿地叫。

柳叶妈说："跟一个畜生较什么劲儿呢！"她跑到院子里，将狸花猫赶走了。可当她转身进屋，狸花猫这次变本加厉了。它直接跳上了窗台外边，对着屋里大叫着。

正在看电视剧的万成，操起一根棍子就追了出去，猫一看架势不对，早已逃之夭夭了。

大橘猫最终消停了一点，蜷缩在炕角打着滚儿，猫儿叫春的季节就这样，哪能守得住一颗萌动的猫心呢。

凌晨两点了，柳叶妈得去给院子的豆芽洒水了，她挨个揭开大瓮，那一瓮瓮豆芽，像暗夜里无数向上努力奔跑的精灵。

大橘猫跳上房顶，喵喵地叫了几声，春天来了，猫几乎没有消停的时候，一会儿呼朋唤友地引来了看灯婆家的狸花猫，大狸花猫壮实，踩得房顶上的瓦"喀嚓喀嚓"作响。柳叶妈心疼地直说："瓦踏碎了，房子会漏雨的。"两只猫一长一短又开始吼叫着，像春日的交响乐。

三月的夜，一阵冷风吹来，柳叶妈打了个冷战，她心中一紧，赶紧裹紧了衣衫。

柳叶妈摸黑进了屋，猫儿们还在房顶上叫嚣着，她把门槛下的那块砖取掉，供猫儿随时进出，她蹑手蹑脚的，但万成的呼噜声却停了下来。

她听到了他轻微的叹息声，很轻。

柳叶妈明白，万成又醒了。这深更半夜的，万成说："我做了一个梦，丫头回来了。"

柳叶妈说："梦都是反着的，睡吧，明儿个还得早起去卖豆芽呢。"万成闭着眼说："咱自己用老方法生的豆芽费豆子，豆芽秆儿短。昨天来了一个客人拿的豆芽，白生生的，芽儿长，豆瓣儿小，看着比咱这个好，不知道好不好吃。"

柳叶妈说："每个人的喜好不一样，有人喜欢老法儿生的豆芽，有人喜欢新式的。"

透明打早，万成爹起来，揭开大瓮，有两瓮豆芽发黑了。

他问："昨晚碰见脏东西了吗？"

柳叶妈说："没有啊！"

万成看了看院子那盆花，叶子上下了一层厚厚的白霜，他明白了，又一场倒春寒。猫儿把盖瓮的帘子揭了一个缝，豆芽受冻了。

万成刚骑着三轮车出门，柳叶妈就去了郊区的豆芽加工厂，蓝色的彩钢瓦厂房，干净明亮的玻璃，一排排的机器边，工人们正在忙碌着。

一个小男孩，虎头虎脑地问她："奶奶，你找谁？"

她打算摸小男孩的头，小家伙机智地躲开了，并拿出自己玩的水枪对准了柳叶妈。

柳叶妈急忙举起双手说："奶奶投降，我找柳叶。"

男孩冲厂子里喊："妈，有个奶奶找你。"

一个穿着白色工作服的女子走过来，见到她的那一瞬间，她手里的簸箕"啪"一声掉到了地上，豆子滚得满地都是。柳叶儿嘴唇哆嗦着，却没有说出一句话。

她抢起拳头，又落下了。说："瓜女子，回来了，怎么不回家呢？"

柳叶儿泪水汹涌着说："我怕，我爸打断我的腿。"

"瓜女子，你以为你爹舍得打你吗？七十多岁的人了，还在天天卖豆芽，还在同一个地方，是为了赚钱吗？你寄回来的钱，我们俩都花不完。他是怕你回家找不着路了。走，回家去。"

柳叶妈一手牵着女儿，一手牵着外孙子的手，猫不知何时早已溜回了家，在炕角舒服地打着鼾，那一起一伏的肚皮似乎大了很多。

分心木

　　米昂感觉自己在现在的婚姻中过得一点都不快乐。

　　她下了班回家，看见躺在客厅沙发上睡着的阿公，那姿势真的让人郁闷。两只大脚丫放在玻璃茶几上，烟灰缸里堆满了烟头，米昂气就不打一处来，她忍着没有说话。

　　谁料想，老阿公"咔咔"咳嗽了两声，紧接着一口浓稠的黄痰飞到了地板上。

　　米昂感觉到她整个人都要窒息了，她这才发现，柜门上竟然也挂着一串黏液。

　　米昂恶心得想吐，她忍住了。

　　阿家正在哄孙女入睡，她轻轻地拍着女儿，见米昂进门，将食指竖在嘴唇上，示意米昂别讲话，米昂知趣地走进了自己的卧室。

　　她关上了门，将这一切关在外边，老阿家其实一点也不老，才五十二岁，就已经当了阿家，我们这里把婆婆叫阿家。这不，五十四岁，就已经是孙子的婆了。

　　米昂满肚子的火无处发泄，她给叶家和打微信视频，一阵呜里哇啦的铃声，没有人接听。米昂知道，他现在一门心思地钓鱼呢，米昂气愤极了，就打开衣柜，整理出了三四天穿的衣服，她打算住娘家。

　　走时，她重重地摔了一下门，没有跟任何人打招呼。因为，她觉得

177

阿公的所作所为，根本不值得她尊重。

阿家在身后说："米昂，下午饭我做好了，在锅里呢。"

米昂也没有理会，她摔门的瞬间，她听见了女儿的哭声，可能是摔门声太大把女儿吵醒了，这孩子睡眠浅，要哄睡着得好大一会儿了，米昂为此还有些懊悔，为什么没有想到女儿这一茬呢？可随即她还是没有压抑住自己的情绪，她骑着电动车回了娘家。

在路上，她一直在问自己，到底怎样才能摆脱这段婚姻，会不会受到良心的谴责？

这个家，唯一让她舍不得的只有女儿。阿家这个女人，虽然不识多少字，但做事勤快，特别是做饭，扯面饸饹搅团臊子面麻食蒸面皮换着花样做，一家人都是地道的陇州人，所以，大家吃饭也不需要太多的花样，但阿家隔三岔五的顿点米饭，炒几个菜，或者在网络上找视频，给米昂学做麻辣米线或者担担面，要么酸辣粉，只要是米昂爱吃的，阿家总会千方百计地学会，烙葱花饼、烙核桃油旋、做煎饼蒸馒头，在吃的方面，阿家都是根据米昂的喜好决定一家人吃的饭食。

有一次，米昂只是说了一句："我们医院对面新开了一家天水麻辣烫。"阿家便在好几个平台上找了视频，学着给米昂做麻辣烫。

米昂明白，阿家这是想留住她的胃，也就留住了人。

米昂一直在想，自己和叶家和这段婚姻到底算什么？

米昂和叶家和两个人，在初中时就早恋了，他们俩都比较有分寸。当然，两个人都不是学习特别好的学生，所以，都没太把学习当回事，反正都不好好学，老师也不太管他们这种学习不好的，只要在班上不惹是生非，早恋只要不被老师发现，就没事儿。

米昂记得，大冬天的，她的手冻得通红，叶家和搓热双手给自己暖，并把自己的毛手套给她戴上，据说这个纯毛手套是叶家和的舅舅去新疆的时候给叶家和买的。米昂也是农村出生的，她的父亲去过最大的城市就是宝鸡，她就对叶家和的身世羡慕不已。叶家和也经常讲他几个舅舅的故事，米昂对叶家和的舅舅好崇拜。她在想，如果那是自己的亲舅舅多好啊！

有一天，放学后，叶家和神秘地把米昂叫到了校外的一片玉米地后面，深秋的玉米地，玉米都已经收了，其他地里都是平展展的如绿毯的麦苗儿，只有这一片玉米地，还在迎风刷啦啦作响。

叶家和故意捂着她的眼睛，让她猜，米昂根本猜不出来，她就胡乱地猜了一阵，最后，当叶家和把手从米昂的眼睛上拿下来时，一股香味直冲肺腑，米昂惊奇地发现，叶家和竟然用玉米秆烧的核桃，米昂本身就嘴馋，她一下子被核桃的香味"俘虏"了。看见满脸抹得像猫一样的叶家和，米昂的心一下子软了，那天，她第一次主动吻了叶家和，那一刻起，她决定，非这个男孩不嫁了，无论遇到多少阻力都要嫁给她。

初中毕业后，他们两个没有任何悬念地都没有考上高中，但是，叶家和有很多个舅舅，大舅是律师，二舅有自己的建筑队，还承包了几个鱼塘，还有沙场，总之，二舅的生意做得很大，叶家和就去了二舅的沙场，开起了挖掘机，收入也还不错。

米昂的爸爸，就对米昂说："现在的女孩子，无论如何必须学一门养活自己的手艺。"

米昂就被送去职业技术学院学护理专业了，父亲说了，学习不好，就去干点下苦的手艺，比当农民强，不用在地里刨食，也不用背大太阳了。

说句实话，那几年，叶家和在沙场挣的钱，70%都供了米昂。米昂连读了五年，大专毕业了。在毕业前，米昂把护士资格证考上了。她被老师推荐到市上某个二甲医院里当护士。

叶家和说："你回来吧，回到县城里边，我舅舅想办法就给你解决编制了。"

米昂就回到了县城，刚好县里边医院里招护士，叶家和的舅舅就帮着米昂解决了工作问题。顺理成章地，他们很快就结婚了。

父亲就对米昂说："你上辈子积德了，这么好的事情落到咱头上，要珍惜。如果不是家和舅舅，咱们家没法给你解决工作问题的。"

米昂也很感激，阿家很爱米昂，比对自己亲女儿还爱。米昂就死心塌地跟着叶家和过日子。

可是，米昂发现，叶家和如今越来越堕落了。由于生态环境整治，沙场关门了，二舅就将叶家和安排到了鱼池，随后，叶家和就心安理得地拿着两千多块钱的工资，成天拿着一根钓鱼竿坐在鱼池边，由于女儿的出生，生活支出越来越大，公公自从得了脑出血之后，工地上也都不愿意要他了。

家里的开支就靠米昂的工资维持，米昂想离婚了。

连续好多天了，她都在思考这个问题，如果离婚了，会不会有人说，工作解决了，翅膀硬了，就看不上老公了，米昂一直在纠结着。

手机响了，女儿稚嫩的声音从视频里传来："妈妈，打一水果：'壳儿硬，壳儿脆，四个姐妹隔床睡，盖着一床疙瘩被。'"

米昂没有想到谜底，她查了一下手机，给女儿回复，心心呀，这个水果是核桃。

女儿立即又问妈妈："妈妈，四个姐妹隔床睡，这个床是什么呀？"女儿开始思考问题了。米昂回复："那叫分心木。"

米昂被自己的回答愣住了，她自语道："核桃，分心木。"

随即，她又将电动车调头，顺便给叶家和留了一个言：今晚回家吃饭吧！她走到家门口的水果摊位上，买了两斤刚上市的绿皮核桃，她要给女儿讲什么是分心木。

猫和刺鼠

　　迪安是被猫轻轻地拍醒的，她睁开眼睛，看了看腕表，四点五十分，她又继续开始睡，可脑袋却清醒了。猫见迪安没有起床的意思，它又将爪子缩了回去，少了往日那一声轻轻的呼唤，迪安内心还有些不安，她明白，猫被她昨晚的举动吓着了。

　　昨晚，迪安发现猫疯狂地咬沙发的坐垫，她就生气了，她下床警告了猫一次，猫无辜地趴下，睁大眼睛看着迪安。

　　迪安也没有过多地追究，她又去床上睡了。刚迷糊睡着，猫又开始咬沙发垫子，牙齿咬布面的力道很大，嘣嘣的声音搅得迪安一点都不得安生，她气呼呼地起床，将猫窝从卧室里扔到了客厅，转身又去睡了。

　　猫可能发现迪安生气了，所以，今天早晨叫醒迪安的时候，它还是试探性的，没有像往日那样"喵"一声。

　　迪安起床，将温度不太高的暖水袋取了出来，将里面的水倒在脸盆里准备洗脸，已经深秋了，穿着薄睡衣的迪安还是感觉出些许寒意。

　　汪青云最近很神秘，接电话时跑去卫生间。

　　迪安还清楚地记得，那个雨天，汪青云打电话，说下班时路过，把她捎上。迪安的独立，让汪青云省了不少事，迪安也从来没有要求让汪青云专程来接自己。

深秋的雨，总是带着凉意，迪安在公司楼下等候，老远的迪安看见了汪青云的车，她跑过去，顺势拉开了前车门，一个和她年纪相仿的女人正坐在副驾驶位上，迪安愣了一下，对方也愣了一下，由于雨太大了，迪安顺势关上前车门，打算坐到后排去。

　　对方还算知趣，打算下车走，被迪安这一关门，差点夹着脚。对方说："我下车再往前走两步就到家了。"

　　迪安也没客气，见对方下车了，就一屁股坐到了副驾驶。透过车窗玻璃，雨雾朦胧，迪安见对方撑开伞，在雨中小心翼翼地走着。

　　迪安满脸的不愉快，凭直觉她已经对这个女人起了疑心。

　　隔了两天，汪青云给迪安说："那个女人搬家，让同事们去他们家闹腾一下。"

　　迪安知道，她根本拦不住，她也不想拦。

　　晚上十二点钟了，汪青云摇摇晃晃地回家了。按以往的习惯，他喝完酒回家，倒头就睡。

　　今天很反常，汪青云回家，开始摔东西，抱起迪安的一盆蟹爪莲，直接砸在了墙上，花盆碎了一地。

　　迪安穿着睡衣抱着双臂，看着汪青云发疯，见他还没有停下来的意思，迪安拿来手机拍视频，汪青云又将他们那年去崆峒山玩时，买的竹剑从墙上取下来，双手举着，在地上啪啪地拍打地面，竹剑果然不负所望，从手柄处断了。

　　汪青云嘴里喊着："不过了，这日子我不想过了。"

　　迪安只说了一句："好！"

　　汪青云依旧耷拉着脸，迪安问他："早晨喝豆浆可以吗？"

　　他从鼻根哼出了一个字"嗯。"

迪安知道，这个男人隔一些日子便会拉长脸，也不知道他这种冷暴力会持续多久。

猫见迪安跑到了卫生间，它也跟着跑了过来，迪安心里涌起一阵感动。

汪青云从另一个房间里出来，手机依旧在刷着抖音短视频，一阵狂舞的，一阵叫卖东西的，音量还特别大。

迪安皱了皱眉头，没有说任何一句话。

迪安做完早餐，也很简单，每人一个鸡蛋，一盒牛奶，一个花卷馍，一盘土豆丝和辣椒酱，迪安顺手打开了电视。

自从搬家买了这台电视机，四年了，打开的次数屈指可数。

迪安打开的画面，是一个纪录片，主持人说，中美毛臀刺鼠是一夫一妻制的，终生只有一个伴侣。雄鼠会向雌鼠撒尿来示爱，令雌鼠狂热起舞。它们喜欢热带的环境。它们会在水源周围挖细小的洞。当领土被入侵时，雄鼠会出来袭击入侵者。

以前，刺鼠相互靠得很近，总是紧紧簇拥在一起，太紧了，以至于身上的刺会刺入对方的身体，后来，他们感觉这样不对，最后，分开来。

猫几乎没怎么看到过电视，可能成天见他们俩都抱着手机在那儿玩，也没多大兴趣，猫跳上电视柜，先是嗅嗅了，随后，用爪子不停地抓电视机的屏幕，估计他眼里看到的刺鼠，只是食物而已。

汪青云在低头吃饭，没有说一句话，迪安却似乎听见他说了一句什么。

神马

　　荷托是一个油画家，擅长画马，他笔下的马都很怪异，比如这幅，一匹蓝色的马，尾巴和马耳朵都是白色的，隐隐还能看出一圈玫红色，初看以为只是用玫红色的笔勾勒的线条，马的眼珠子也是玫红色的，马低着头，在看左前腿，如果仅仅是一蔚蓝色的马，我也许可以理解为荷托是为了影射一下进入中老年的自己。但是，离奇与魔幻之处在于，马头朝前，在马的身旁，还有一个轻盈的女子，穿着玫红色的舞蹈服，她的脸几乎都是玫红色的，她的长发披散着，头昂着看着天空，朝马屁股的方向，做了一个劈叉的动作。她的腿长几乎和整匹马差不多。

　　未果正在给儿子洗澡，她朝荷托看了一眼，荷托正坐在原木色茶台前，手指缝夹着一支烟，眉头紧锁着，泡在透明玻璃壶中的红茶隐约可见，茶色红，汤清咧，隐隐还能闻一丝甜味儿，也许是旁边果盘里的水果香。

　　儿子不愿意在卫生间洗澡，未果只好把水放在澡盆里，在荷托的画室里给他洗。女儿穿着舞蹈服，嘟着嘴，不情愿地等着送她去培训班。才五岁都已经很臭美了。未果说："等着我给弟弟洗完澡，要不，让爸爸送你去。"

　　女儿还是一脸不情愿地说："我要妈妈送。"

未果原来是舞蹈学院的学生，无意间跟着同学去看一个画展，她就被画家独特的画风深深地吸引了，她正站在一幅命名为《你的眼神里写满故事》的画前。画面里一条鱼大张着嘴，眼神却明亮而机敏。未果在反复琢磨这幅画，一个个头不高的男子，发型很个性，眼神犀利地盯着未果。

他问未果："读出了什么？"

未果答："很多故事。"

随后他说他是这个画展的总策划，也是这幅画的主人。

他们的爱情故事缘起于一幅画，后来，二十岁的未果就这样稀里糊涂嫁给了这个男人，满心满眼都是他。

他创作的作品，印在 T 恤上、茶壶茶杯上，每一个都是那样与众不同，特别强调个性。这个大自己二十岁的男人荷托，曾经有过一段失败的婚姻。

而后，未果也成了他笔下作品中的一个素材。未果曾经也是班级里跳舞的佼佼者，未果自从和荷托结婚后，怀上了女儿，她就退回到了家庭，她不知道，这样好不好。只是想着要为这个男人生个孩子，她想生孩子后，她就去做各种保养，重返舞台。

生完女儿，她奇怪自己，竟然沉浸在对孩子的迷恋中，根本无心去工作，渐渐地，发福了，身材也走形了，她也不在乎了，又生了一个儿子，以后，她就帮他打理工作室。

可她奇怪地发现，他笔下始终是那个体态轻盈，做各种舞蹈动作的女人。

她问："那是谁？"

荷托答："一个梦。"

未果看见他绘画的题款是：《如果·爱》。

未果说："画现在的我，像马儿一样健硕的马。"

一个明亮的秋日，未果坐在阳台的躺椅上晒太阳，陪两个孩子玩，白瓷茶杯里，一朵菊花在杯中绽放，像极了当年那个盛开的自己。

梦，清浅而绵长，梦中，未果一个人在枫叶飘飞的季节里尽情舞蹈，轻盈的体态在风中旋转着，红色的枫叶落满了整个大地，她似乎被埋在了枫叶里，火红一片。荷托从她身边走过，竟然没有发现她。

未里似乎进入了一个异空间，她放松地躺在这里休息，这个空间似乎在其他空间中折叠着。而从未被人发现过。随后，她骑着一匹红色的马，奔驰在广袤的草原上，好静啊！只有马蹄的嗒嗒声和她的呼吸声。突然间，马长出了一对翅膀，腾空飞起，在蓝色的天空里遨游，未果竟然触摸到了一朵白云，绵软的云朵，好舒服，很治愈。

荷托到处在找她，说她失踪了，可她大声喊着："我在这里。"根本没有人听见，荷托和两个孩子都看不见这个折叠空间。

"妈妈，我要尿尿……"未果被一阵熟悉的声音惊醒。

她茫然地问："我的马呢？"

荷托同样茫然地问："什么马？"

苗谷和妈妈背靠着背坐在草原上看星星，今晚的星星很繁，就像谁给黑色的天幕上撒了很多银子。

月亮躲进了云层里，久久都不肯露脸，苗谷听见母亲细微的叹息声，虽然很轻。

妈妈说："月亮爽约了。"

苗谷像在呓语，又像在说给妈妈听："月亮从来都不曾赴约。"

在苗谷看来，她一直催着妈妈离婚这个决定是对的。

妈妈好歹也是知识分子女性，可是，由于她和妹妹的出生，她要顾及两个孩子，还要维护家庭的声誉。

苗谷记得，她七岁那年，妈妈去给她开家长会，她穿了一双矮跟的高跟鞋，一条漂亮的裙子，并且化了一个淡淡的妆，苗谷很兴奋，因为爸爸管得严，妈妈每天几乎都是素面朝天。连口红都不敢涂抹，苗谷总在妈妈面前说，妈妈，林娜妈妈的烫发头好漂亮，你给我开家长会的时候，能不能也打扮得漂亮一点呢？妈妈答应了，苗谷还和妈妈拉勾了。

作为医生的妈妈，人长得漂亮，气质也佳，由于苗谷学习成绩是班级第一，就有最后一名孩子的父亲跑来向妈妈请教如何把女儿教得这么优秀？其实妈妈就和对方说了两句话，就被赶来接他们的爸爸看见，回到家，爸爸就用剪刀剪碎了妈妈的连衣裙，并把妈妈的高跟鞋鞋跟掰断，从包里掏出妈妈新买的口红，扔了。

这次，爸爸竟然把妈妈腿打瘸了。爸爸打累了，然后就去外面喝酒了。

妈妈只是将毛巾咬在嘴里，不让自己的哭声被邻居们听见。苗谷和苗青两姐妹吓傻了，只是无声地陪着妈妈流泪。

苗谷主意正，她擦干眼泪，直接打了120，叫来了医院的救护车，妈妈不想让同事们知道她的伤是被老公打的，她说是自己不小心磕的。妈妈的半月板被磕碎了，从此走路也有了后遗症。

苗谷那时候就在想，长大了一定要让妈妈离开爸爸。

可是，十八岁，苗谷上高中二年级了，她就劝妈妈，离婚吧。为什么要守在一棵歪脖子树呢？妈妈担心影响苗谷和妹妹的学业，再大的痛苦都忍着，苗谷经常听见妈妈压抑的哭声。

妈妈职称升了副主任医师，回家当成喜讯，在饭桌上给爸爸讲，换来的是一顿打。爸爸把妈妈的优秀看成了显摆以及对自己的压力。妈妈身上被打得青一块紫一块的。

苗谷说："妈妈，离婚吧，他不是你的依靠。"

妈妈说："再等等吧。"

妈妈升了科室主任，有了上次的经验教训，妈妈只能将这份喜悦埋在心里，没有对任何人讲。可是，后来爸爸还是知道了，妈妈又被打了。

此时，苗谷已经考上了研究生，苗青也上了大学。

姐妹俩都离开了妈妈，苗谷知道，妈妈没有他们俩，连个说知心话的人都没有了。

苗谷就和苗青两个人，轮番动员妈妈离婚，妈妈终于下定了决心离婚了。

离开爸爸，妈妈几乎是净身出户。

妈妈自由了，苗谷用奖学金给妈妈买了漂亮的裙子、高跟鞋和口红，甚至还有睫毛膏、眼影。虽然这样的美丽迟到了整整二十年，但妈妈比当年还风韵犹存。

假期，姐妹俩陪着妈妈旅游，她们去了丽江的民谣酒吧。有一个酒吧墙上写着：我有酒，你有故事吗？

苗谷就问妈妈："妈，能讲讲你的恋爱故事吗？"

妈妈抿了一口酒说："哪有什么故事啊，说出来全是事故了。"

苗青就拽着妈妈的胳膊撒娇，非得要听。

妈妈就说："当年，上大学时，一门心思学习，有好几个同学追求我，但我都觉得要好好学医，想着，反正上班了有大把的时间来恋爱。我当时分配在市中心医院，那时候，女医生很少，要想在医院里立足，就要付出比其他人多几倍的时间和病人交流，向前辈们学习，一晃三四年过去了，就有人介绍，说这个人是名牌大学生，想着反正年纪也不小了，就同意了。谁承想，就是这么一个人。后来，发生的事情你们都知道的。"

苗青说："几乎都不算故事的一个故事。一点都不浪漫。我以为你迟迟不愿意离婚，是爱爸爸感情太深了，看来就没多少感情的。"

妈妈仰起脖子，将杯中的酒一饮而尽，她说："一是怕影响你俩的学业，还有就是，我一直太在乎家庭的声誉了。现在想想，那些年，压抑得我几乎崩溃了。不瞒你俩，我都不想活了。可是，看到你俩我又下不了决心了。如今，一切都好起来了。"

苗青考上博士了，去了瑞典。

她在微信里说："妈，我不想结婚，我想一辈子单身。"

妈妈说："你自己考虑好就行，无论什么想法，妈妈都支持你，我不会催婚的。"

苗青说："妈，再催也轮不到我。我姐在前面呢。"

妈妈说："我谁也不催。只要你们自己高兴就好。"

苗谷说："妈，咱们将来一起生活。"

后来，苗谷五十岁，她就选择了提前退休，在家当个自由职业者，妈妈已经八十岁了，母女俩的日子平淡而快乐。

妈妈学会了网购，学会了用微信和老同事聊天，还有很多应用 APP，总之，她没让自己的脑袋退化。养了两只宠物猫，天天跟它们说话，比自己的女儿都亲。

当了一辈子医生，竟然还学起了中国画。悟性很高的妈妈说："前四十多年时间都浪费了，生活竟然有这么多有意思的事情。"

母女俩想出去旅行了，两个人就来一场说走就走的旅行。

妈妈说："风风雨雨大半辈子都过去了，还有什么能失去的呢？等老了走不动了，找个保姆照顾着就行了。"

心依旧

此刻的吕冬菊，恨丈夫叶一光，恨得牙根都痒痒。她紧握着双拳，牙关紧咬着，从牙齿缝里挤出一行字："如果有把枪，我就一枪崩了你。"

然而，叶一光对此却一无所知，他正沉醉在醉酒后的酣畅淋漓中，躺在床上，如雷般的呼噜声不绝于耳，床底下是他酒后吐的污物。

十分钟之前，吕冬菊找到叶一光的时候，他直直地杵在那家酒店门口，像一个迷失的孩子，贴在墙角等待人去认领。

吕冬菊叫来了出租车，打算把他拉到车上去，然而，他抓住墙边的一个护栏，不肯放手，脚也如同生了根一样，狠劲儿也拔不动。

吕冬菊只好央求出租车司机帮忙，好不容易把叶一光弄回家里来了，叶一光却像疯了一样，从自己口袋里掏出新买的苹果手机，狠狠地摔在地上，还用脚踩了几下，手机屏幕瞬间开了花。随后，叶一光便摇摇晃晃东倒西歪地回到了床上，不到一分钟，呈"大"字状，开始呼噜声交响乐了。

这已经是叶一光这周第五次醉酒后的状态。

吕冬菊气喘吁吁地坐在床边休息，还没等她喘口气的工夫，叶一光猛然一个翻身，一大口污物就已经从嘴里顺流而下。

吕冬菊气晕了,她抄起扫把,想狠狠地教训他一顿,可他已经开始第二章节的混响交响乐了,她将落在半空中的扫把又放了下来。

大夏天的,本来屋子里就闷热,再加上这一堆污物,更是臭气熏天。她只有一手扶住腰,一手用扫把将这些东西打扫了,那臭味儿熏得她头都痛,几次跑向马桶也没有呕出来。

打扫完这一切,已经凌晨两点多钟了,本来还可以更快一些,她最近腰椎间盘突出的老毛病又犯了,叶一光似乎没有看见似的。

吕冬菊想休息一下,可他根本没有给她休息的地方。一个人四仰八叉朝天躺着,将大半张床占了去。

吕冬菊越想越憋屈,她的泪水像捏菜水一样流淌着,叶一光仍然在酣睡。

吕冬菊哭累了,已经到后半夜了,空气渐渐凉了下来,她又拿出一条毛巾被,给叶一光盖在身上,自己去了儿子的房间睡。

自从儿子上了大学后,家里就只剩下他们两个人了。可是,这叶一光喝酒的毛病一直改不了。儿子每次打来电话,劝他爸爸不要再喝酒了,喝酒伤身体,可他还是不改。

叶一光每次一个电话打给她:今天有朋友过生日,不回家吃饭了。要么就是,今天单位里有应酬,你自己吃吧!

总之,他喝酒总是有理由。对于他这种屡教不改,她已经习以为常了。

吕冬菊迷迷糊糊地睡着了,睡梦里,她梦见自己手持一把枪,声色俱厉地抵在他的额头问:"说,你改不改?"他似乎仍在醉酒的状态中,摇晃着头说:"冬菊,对不起,我下次再也不喝酒了。"说完,便又倒了下去,她便收起了枪。突然间,他爬了起来,又跑向了朋友设的酒桌。

吕冬菊的枪走火了，"叭"的一声枪响，叶一光的后背中了一枪，他倒在了血泊中。

吕冬菊丢下枪，抱着叶一光的身体，大声地向路人呼救，可是，没有人救他，吕冬菊大声嚎哭着。

她从梦中哭醒了，打了一个激灵，朝他们的卧室望了一眼，叶一光仍然沉睡着。

吕冬菊起床，她得去做早餐了，走到厨房，刚掀开锅盖，又狠狠地扔下，出了厨房门。嘴里嘟囔着："哼，还想吃早餐，做梦吧你！我今天去锻炼身体，看你起床吃空气去。"

她一路上愤愤地在想，真想一枪崩了他。

吕冬菊锻炼完回来，经过楼下的早餐店，店主在卖红豆小米粥，她不由自主地走向了早餐店，心想，这小米粥暖胃，给老叶买点吧，他胃不好。她似乎连一丝犹豫都没有，拎起买好的小米粥就回家了。

边打开家门边喊："老叶，快快快，热腾腾的小米粥，暖胃的。"

黑蝶

黑蝶母亲是在四十二岁那年生下黑蝶的，在农村来说，算老生胎了。

她一生下来就黑，人却长得清俊，母亲就给她起名叫俊巧。黑蝶父亲老司却长得白净，工友们就常常打趣："老司，不是你的种吧？"工友们的玩笑开得粗俗，老司就嘿嘿地笑，露出一口整齐的白牙。笑容的背后，却是黑蝶母亲挨的拳头。

说这话的人，也不是有意而为之，只是在繁重的工作歇息时，过过嘴瘾而已，谁也不会想到，一贯沉默寡言，几棍子打不出一个响屁的老司，竟然骑在老婆身上打她，并追问："说，这丫头到底是谁的孩子？"打第一次，黑蝶母亲以为，老司不过是受人蛊惑，她委屈得直哭，哭得悲痛不已，过段时间想通了，就好了。老司就心软了，不再追问。

可这却成了老司一块心病，老司总望着黑蝶眉心那颗美人痣和那张泛着瓷釉般光滑的小脸儿，他心里直犯嘀咕，这孩子究竟是谁的呢？他把能够扯上关系的所有男人都在大脑里搜罗遍，仍然没有一个能对上号的。

时日久了，老司忍不住了，他又把黑蝶母亲打了一顿，这次，黑蝶母亲强忍着眼泪没有哭。

她和老司离婚了，黑蝶母亲带着黑蝶离开了村子。

黑蝶从小就聪明，听见舞曲就不由自主地踩着鼓点儿，晃动着身子开始舞。母亲就给她报了一个拉丁舞班，她站在舞台中央旋转着身子，俨然一只翩翩起舞的蝴蝶，在花海中尽情徜徉，只要她一出场，别的姑娘都黯然失色，大家渐渐忘记了她的真名，都叫她黑蝶，黑蝶就这样被叫开了。

　　舞蹈这东西，本身优雅，慢慢就渗进了骨子里，黑蝶的气质越来越高贵。

　　母亲就靠卖当地的小吃，面皮和荞面饸饹为生，虽然生活拮据，可她硬是让黑蝶一样都没有落下。

　　黑蝶的日子被母亲安排得严严实实，这孩子，二胡也拉得相当出色，这还不算，黑蝶在学校的数学成绩也总是第一，作文常常被老师当作范文念，英语也顶呱呱。黑蝶的班主任就非常奇怪，她多次好奇地拦住黑蝶问："你父母是做什么的？"

　　黑蝶知道，如果父母的工作都是体面的，这才合理。老师就想问出这样一个满意的答案。

　　可是，黑蝶的回答让他们失望，黑蝶毫不隐瞒地回答，母亲卖面皮，父亲是一个建筑工地的小工。老师就惊讶，不简单啊，竟然生出了你这么优秀的孩子，老师们眼中也充满疑虑。

　　黑蝶的父亲，总是偷偷看女儿在大型晚会上跳舞。看着看着，她就有些后悔，女儿浓密的眉毛，微翘的嘴巴，还有那一口整齐的白牙，简直就是自己的翻版，只是皮肤黑了些，不过，黑得那么灵动。

　　老司就想试图弥补，她常常给女儿带很多零食，黑蝶就大方地照单全收。

　　老司也很欣慰。

老司就去找黑蝶母亲，却被黑蝶母亲一瓢凉水从门里赶了出来，瓢也在地上打着滚儿。

黑蝶母亲伤透了心，她不想让人去揭这个伤疤。

一个男人对妻子不信任是最大的伤害，黑蝶母亲就坚决拒绝老司。

老司也不气馁，他每天忙前忙后地给黑蝶母亲当服务员，黑蝶母亲不理他，视他如空气。老司就这样成了她的帮手。

黑蝶十五岁那年，有一场用威亚在空中飞翔的舞蹈，由于工作人员的失误，黑蝶从五米高空坠落了。临走前，黑蝶把父母的手拉在了一起，并轻轻叫了一声"爸爸，妈妈"。

黑蝶的坟前，飞起了无数只黑色的蝴蝶。